Die drei !!!
SOS per GPS

Mira Sol ist freie Kinder- und Jugendbuchautorin und schreibt im Rahmen der Reihe ›Die drei !!!‹ neben Henriette Wich, Maja von Vogel und Petra Steckelmann spannende Detektivgeschichten für Mädchen.

Die drei !!!

SOS per GPS

Erzählt von Mira Sol

dtv

Weitere ›Die drei !!!‹-Bände
sowie ausführliche Informationen über
unsere Autoren und Bücher
www.dtv.de

MIX
Papier aus verantwortungsvollen Quellen
FSC® C019821

Ungekürzte Ausgabe
2016 dtv Verlagsgesellschaft mbH & Co. KG, München

Umschlagbild: Beate Fahrnländer
Gesetzt aus der Stone Informal 11/14'
Gesamtherstellung: Druckerei C.H.Beck, Nördlingen
Gedruckt auf säurefreiem, chlorfrei gebleichtem Papier
Printed in Germany · ISBN 978-3-423-71699-4

SOS per GPS

Neuer Zombie-Alarm

»Mistvieh«, flüsterte Kim. »Ich krieg dich!« Sie ließ das Schwert von rechts nach links und wieder zurück schwingen und nahm die Verfolgung auf. Im Schatten einer Säule drehte sich der Zombie plötzlich um. Stechend gelbe Augen blickten Kim herausfordernd an. Die grässliche Fratze mit den messerscharfen Zähnen schien sie auszulachen. Die Kreatur hob ihre gekrümmten Klauen. Kim zögerte keine Sekunde. Das Schwert durchschnitt surrend die Luft. Grünes Blut spritzte auf. Der Zombiekopf landete im Sand. Kim zuckte kurz zusammen. »Weiter geht's«, ermutigte sie sich selbst. Sie stopfte sich das Kissen im Rücken zurecht und hämmerte auf der Tastatur herum. »Ist gleich erledigt«, murmelte sie.

Franzi räusperte sich. »Kim?«

»Hm?«

»Wie lange geht das noch?«

»Sag ich doch. Ist gleich fertig.«

Franzi seufzte. »Ich nehme mir das letzte Stück Schokolade. Okay?«

»Hmm.« Kim nickte abwesend.

Marie sah ihre Freundin ungläubig an. »Es wird ernst. Kim interessiert sich nicht mehr für Süßigkeiten.«

Kim warf einen verärgerten Blick über den Rand des Bildschirms. Sie hatte es langsam satt, ständig damit aufgezogen zu werden, dass sie eine Vorliebe für Schokolade und Gummibärchen hegte. Meist brauchte sie die verstärkte Zuckerzufuhr sowieso nur, wenn sie in einem kniffligen Fall steckten. Das kam allerdings ziemlich oft vor: Ihr Detektivclub *Die drei !!!,* den sie vor einiger Zeit zusammen mit Franzi und Marie gegründet hatte, war nämlich ausgesprochen erfolgreich. Gerade erst hatten sie in Venedig, der wunderschönen italienischen Lagunenstadt, ermittelt und dreisten Schmuckdieben das Handwerk gelegt. Marie war in diesem Fall besonders gefordert gewesen: Zuerst war ihr wertvoller Opalring gestohlen worden. Und dann hatte sich auch noch der süße Luca mit den lakritzschwarzen Haaren in ihr Herz geschlichen – nur um sie kurz darauf bitter zu enttäuschen.

Kim sah ihre Freundin an. Ob Marie wohl noch an Luca dachte? Anmerken ließ sie sich jedenfalls nichts.

Franzi unterbrach Kims Gedanken. »Wir wollten doch aufräumen und die Detektivtagebücher endlich in unsere Zentrale im Pferdeschuppen schaffen.« Sie deutete auf das Bücherregal, in dem sich neben unzähligen *Die drei ???*-Bänden und vielen weiteren Kriminalromanen Dutzende von Heften stapelten. Kim hatte darin akribisch die Details von all ihren Fällen eingetragen.

»Richtig«, murmelte Kim. »Unter dem Bett sind auch noch einige Kisten mit Zeitungsartikeln, Fotos und Beweismaterial. Das müssen wir alles sortieren und ordentlich archivieren.« Marie nickte ungeduldig. »Deshalb haben wir uns heute zu diesem außerordentlichen Clubtreffen verabredet.« Sie klatschte in die Hände. »Franzi und ich wären bereit. Aber du hast offensichtlich keine Zeit.«

Kim schüttelte den Kopf. »Nein, nein. Ich bin gleich so weit. Aber zuerst muss ich das hier erledigen. Es ist wirklich sehr wichtig. Ich muss fertig sein, bevor die nervigen Zwillinge vom Fußballtraining nach Hause kommen.«

Franzi und Marie sahen ihre Freundin fragend an.

Kim rückte das Notebook auf ihren Knien zurecht. »Hier, guckt mal!« Sie drehte den Bildschirm so, dass die anderen draufschauen konnten: Ein gigantisches, schwarz behaartes Monster starrte sie an. Es stieß ein ohrenbetäubendes Brüllen aus und ließ seinen Fuß auf etwas Zappelndes am Boden niedersausen. Es knirschte hässlich.

Franzis Hand mit dem Schokostück blieb auf halbem Weg zu ihrem Mund stehen. Sie schüttelte den Kopf. »Kim, das ist …«

»… total ekelhaft!«, vollendete Marie den Satz. Sie fuhr sich durch ihre langen Haare und ließ sie wie einen goldschimmernden Vorhang vor ihr Gesicht fallen. »Das kann ich nicht mit ansehen.«

»Schon vorbei.« Ein zufriedenes Lächeln umspielte Kims Lippen. Sie deutete auf die Schrift, die über den Monitor flimmerte: *Ben-Luke-Zombiefighter has been eliminated.*

»Der Avatar ist platt. Meine geliebten kleinen Brüder werden Augen machen, wenn sie sich das nächste Mal in dieses Onlinespiel einloggen. Ihr Punktestand ist ein für alle Male ruiniert.«

Franzi betrachtete die geschmolzene Schokolade in ihrer Hand. Dann wandte sie sich Kim zu. »Du hast dich unter dem Namen deiner Brüder angemeldet und *absichtlich* verloren?«

»Richtig.« Kim sah ihre Freundin aus schmalen Augenschlitzen an. »Das ist meine Rache für alles, was ich in der letzten Zeit ertragen musste. Dieses Zombiespiel bedeutet den Zwillingen total viel. Sie sind fast jeden Tag online. Ich glaube, sie versuchen damit den Schock zu überwinden, der ihnen seit ihrer Begegnung mit dem vermeintlichen Zombie immer noch in den Knochen steckt.«

»Du meinst den Vorfall an Halloween?« Marie strich sich die Haare aus dem Gesicht. »Die Ereignisse damals waren wirklich gruselig. Wir haben ja selbst beinahe daran geglaubt, dass wir es mit böser Magie zu tun haben.«

»Klar, der Fall war mehr als gespenstisch. Aber wir konnten ihn lösen. Ich finde es total kindisch von Ben und Lukas, dass sie immer noch Angst vor Zombies haben.«

»Sie sind eben noch klein und …«

Kim unterbrach Marie mit einer wütenden Handbewegung. »Für ihr zartes Alter haben sie ganz schön fiese Ideen, wenn es darum geht, mich zu ärgern. Mir reicht es! Ich werde sie vor eine Entscheidung stellen: Nie wieder dürfen sie das Wort ›Fette Plantschkuh‹ in den Mund nehmen, oder …«, Kim sog scharf die Luft ein, »sie werden bei keinem Computerspiel der Welt mehr glücklich. Ich hacke mit Leichtigkeit jedes Passwort dieser kleinen Nervensägen.«

Franzi beförderte den Schokoklumpen aus ihrer Hand in den Mund und kaute nachdenklich. Nachdem sie sich die Finger abgeleckt hatte, sagte sie: »Deine Brüder haben dich schon oft zur Weißglut gebracht. Aber so wütend habe ich dich noch nie erlebt. Was ist passiert?«

Kim biss sich auf die Unterlippe. Sie zögerte. Dann brach es aus ihr hervor: »Eigentlich nur das Übliche. Sie ärgern mich hier, sie ärgern mich dort. Aber jetzt haben sie von Mama und Papa auch noch zwei nagelneue, extrem teure Rennräder zum Geburtstag bekommen. Das ist total ungerecht. Die sind eh zu zweit und bekommen immer alles doppelt. Und jetzt noch diese schweineteuren Räder. Ich warte seit einem Jahr darauf, dass ich Mamas altes Tourenrad loswerde und ein eigenes Rad bekomme.« Kims Wangen röteten sich zusehends. »Immer kriegen sie alles, was sie wollen, und ich gehe leer aus!« In Kims Augen glitzerten Wuttränen. Sie schniefte. »Ich war noch nie so sauer auf Ben und Lukas wie jetzt.«

»Du bist eifersüchtig«, sagte Marie leise.

Kim kramte ein zerfusseltes Papiertaschentuch aus ihrer Hosentasche. Sie schnäuzte sich. »Stimmt.«

Marie nickte. »Ich kann dich gut verstehen. Geschwister können total nerven.« Sie zögerte. »Sogar, wenn sie gar keine echten Geschwister sind.«

Kim zog die Nachttischschublade auf und angelte eine neue Tafel Vollmilch-Nuss-Schokolade heraus. »Du sprichst von Lina, oder?«

Marie nickte. Sie ballte ihre Hände zu Fäusten. Lina war die Tochter von Tessa, der Lebensgefährtin von Maries Vater. Erst vor Kurzem waren sie alle zusammen in eine große Villa gezogen, weil die Penthauswohnung von Herrn

Grevenbroich und Marie nicht mehr genug Platz für die vierköpfige Patchworkfamilie geboten hatte. Marie stand nun ein riesiges Zimmer mit eigenem Bad und Balkon zur Verfügung – aber am Grundproblem hatte sich nichts geändert: Sie musste ihren Vater mit Tessa und Lina teilen. Und daran wollte sie sich einfach nicht gewöhnen. Nach dem frühen Tod ihrer Mutter war sie alleine bei ihrem Vater aufgewachsen. Als bekannter Schauspieler in der TV-Vorabendserie *Vorstadtwache* hatte er immer sehr gut verdient und seine Tochter nach Strich und Faden verwöhnt. Das tat er zwar immer noch, aber Marie hatte einfach nicht mehr den Exklusivstatus der früheren Jahre. Sie sehnte sich sehr in die alten Zeiten zurück.

Das Silberpapier knisterte, als Kim einen Riegel abbrach und ihn sich in den Mund schob. Sie kaute langsam und schluckte. »Aber Tessa ist doch ganz in Ordnung, oder?«, fragte sie schließlich.

»Ja, schon. Abgesehen davon, dass sie ein totaler Ökofreak ist, hat sie eine ziemlich coole Art an sich.« Marie schüttelte den Kopf. »Was man von ihrer Tochter Lina nicht behaupten kann. Ich verstehe nicht, wie ein Kind so aus der Art schlagen kann. Neulich hat sie meinen Vater gefragt, wie die Leute früher ohne Computer ins Internet gekommen sind.« Marie schlug sich mit der flachen Hand an die Stirn. »So bescheuert kann doch kein Mensch sein.«

Kim und Franzi kicherten.

»Und wie habt ihr euch in der neuen Villa eingelebt?«, wollte Franzi wissen.

»Frag lieber nicht«, murmelte Marie. »Kaum sind wir halbwegs eingerichtet, da fallen ständig die Elektroleitungen aus. Seit gestern haben wir ein Rudel Handwerker im Haus. Die stellen alles auf den Kopf, machen einen Riesenlärm und einen unglaublichen Dreck.«

»Ätzend«, stellte Franzi fest.

»Aber das Schlimmste wisst ihr noch gar nicht.« Marie ließ die Schultern hängen. »Tessa will vor der Baustelle in der Villa fliehen und ein paar Tage bei einer alten Freundin von der Uni verbringen.«

»Und was ist daran so schlimm?«, fragte Kim.

»Sie nimmt Lina und mich mit.«

»Oh!«, machte Kim.

Marie griff sich gedankenverloren die Schokoladentafel und brach ein Stück ab. »Diese Freundin wohnt in der totalen Pampa, mitten im Wald. Sie ist Geschäftsführerin von einem Naturkundemuseum. So einem alten, baufälligen Kasten aus dem letzten Jahrhundert mit lauter Tierskeletten, aufgespießten Insekten, eingelegten Fröschen und anderem widerlichen Zeugs darin. Und drum herum nichts als Wald!«

Marie beförderte das Schokostück schwungvoll in ihren Mund. »Es ist schlimm genug, dass ich meine Pfingstferien in einem Gruselkabinett in der Einöde verbringen soll«, nuschelte sie. »Aber das Schlimmste ist, dass Lina Tag und Nacht dabei sein wird.« Marie kaute energisch und schluckte. »Und das Allerschlimmste ist, dass Papa nicht mitkommt. Er hat für zwei Wochen ein Theaterengagement in Frankfurt.«

Franzi sah ihre Freundin mitfühlend an. »Du wirst ihn sicherlich sehr vermissen.«

»Ich hatte so gehofft, dass er mich nach Frankfurt mitnimmt.« Marie seufzte. »Aber er meint, es wäre besser für mich, ein paar Tage in der Natur an der frischen Luft zu verbringen.«

Franzi setzte sich neben Marie auf das Bett und legte einen Arm um sie.

»Ich brauche keine frische Luft!«, rief Marie.

»Sondern deinen Vater«, sagte Franzi verständnisvoll.

»Ja.« Marie nickte zögerlich. »Und ganz dringend ein Paar neue Pumps und Kleider. Frankfurt ist ideal zum Shoppen!«

Franzi grinste. »Schon klar.« Sie betrachtete ihre Freundin: Marie trug nagelneue, sündhaft teuer aussehende Ballerinas aus kobaltblauem Wildleder. Dazu hatte sie weiße Röhrenjeans und ein wasserblaues Oberteil aus weich fließendem Stoff im Zweilagen-Look kombiniert.

Ein schmaler Gürtel betonte ihre schlanke Taille. Sie sah, wie immer, perfekt gestylt aus.

Franzi zwinkerte Marie zu. »Ich wette, du hast im neuen Haus ein extra Zimmer nur für Klamotten und Schuhe, das du uns bisher vorenthalten hast.«

Marie seufzte. »Das wäre nicht schlecht. Es müsste aber eine Sicherheitsschleuse haben, damit Lina nicht reinkommen und sich meine Sachen ›ausleihen‹ kann.« Maries Augen verdunkelten sich. »Mal im Ernst: Ich weiß nicht, wie ich die Ferien mit dieser grausamen Nervensäge überleben soll.«

Kim und Franzi wechselten einen kurzen Blick. Sie nickten sich unmerklich zu. Dann sagte Kim feierlich: »Vielleicht gibt es in diesem Fall eine ganz naheliegende Lösung.«

Marie sah ihre Freundinnen verzweifelt an. »Da fällt mir leider nichts ein. Wenn unser Familienrat einmal etwas beschlossen hat, dann ist daran nichts mehr zu ändern. Ich kann eigentlich nur noch mein Testament machen: *Für den Fall, dass ich an abgequasselten Ohren qualvoll zugrunde gehe, halte ich fest, dass Lina Beckmann kein einziges Stück aus meinem Kleiderschrank erhalten soll!*«

Kim musste grinsen. Marie hatte wirklich viel vom großen Schauspieltalent ihres Vaters geerbt.

»Nun«, sagte Franzi, »du musst es ja nicht so weit kommen lassen.«

»Du meinst, ich soll Lina vorher erwürgen?«

»Wir denken eher an eine nicht strafbare Handlung«, antwortete Kim. »Franzi und ich könnten mit ins Gruselkabinett in der *Pampa* kommen, um dich im Fall der *grausamen Nervensäge* zu unterstützen. Wie fändest du das?«

Marie machte große Augen. »Da ... das würdet ihr für mich tun?«, stotterte sie.

»Klar!«, riefen Kim und Franzi wie aus einem Mund.

Marie strahlte. »Ihr seid meine Rettung!« Sie umarmte ihre beiden Freundinnen gleichzeitig.

»Ihr habt mich auch schon mal gerettet«, sagte Kim und lächelte. »Erinnert ihr euch? Ihr seid damals mit auf den Ausflug zur alten Mühle am See zum Geburtstag meiner Brüder gekommen. Das werde ich euch nie vergessen!«

»Die Autofahrt mit den beiden Quälgeistern werde ich auch nie vergessen«, murmelte Franzi. »So viel Blödsinn kann Lina gar nicht machen.«

»Warten wir es ab«, gab Marie zu bedenken.

Kim nahm den Laptop erneut auf ihre Knie. »Lasst uns mal ansehen, wohin es uns verschlagen wird.« Sie klickte das Troll-Game weg und übersah gelassen die belustigten Blicke ihrer Freundinnen. »Wie heißt das Museum denn?«

»Keine Ahnung. Ich habe nicht richtig zugehört, als Tessa davon erzählt hat.« Marie zuckte mit den Schultern. »Irgendetwas mit ›Wald erleben‹. Der Name von Tessas Freundin ist jedenfalls Ina. Ina Westphal, glaube ich.«

Kim tippte die Stichworte in die Suchmaschine ein. »Da ist es: *Projekt NaturAbenteuerWald*«, las sie vor. »Und hier ist ein Interview mit Ina. Genau genommen mit ›Prof. Dr. Ina Westphal‹, Paläontologin und Leiterin des Naturkundemuseums mit angeschlossenem *Natur-Projekt*.« Sie pfiff anerkennend. »Das Museum ist vor fast 50 Jahren von dem privaten Sammler Hugo Westphal gegründet worden. Nach seinem Tod hat der Sohn Benedikt die Leitung übernommen. Und nach dessen frühem Tod vor fünf Jahren die Ehefrau – Ina Westphal.« Marie sah über Kims Schulter. »Das scheint ja eine ziemlich große Sache zu sein, ein richtiges touristisches Highlight«, staunte sie. »Guckt mal, der alte, verstaubte Kasten wird seit letztem Jahr richtig schick renoviert! Da sind Bilder.«

Sie quetschten sich zu dritt vor den Bildschirm. Kim scrollte durch die Fotoshow.

»Das sieht nicht schlecht aus«, fand Franzi. »Es gibt einen Baumwipfelpfad mit Klettermöglichkeiten in vier Schwierigkeitsgraden. Und sie bieten Geocaching-Touren an. Das wollte ich schon lange mal ausprobieren.«

»Klingt gut«, stimmte ihr Kim zu. »Die Fossilienausstellung sieht aber auch interessant aus.«

»Wirklich sehr interessant!« Marie deutete auf ein Foto, auf dem ein junger Mann eine faustgroße versteinerte Muschel hochhielt. »Süß!«

»Du findest die *süß?*« Kim las die Bildunterschrift vor: »›Myophoria orbicularis. Zumeist in den oberen Schichten des Wellenkalkes zu finden.‹« Sie zuckte mit den Schultern. »Wenn du meinst.«

Marie verdrehte die Augen. »Ich meine den Jungen! Er sieht ein bisschen so aus wie ... dieser hübsche Luca aus Venedig.« Sie stockte kurz und ihre Augen verdunkelten sich. Dann seufzte sie. »Oder vielmehr: Wie Holger!« Maries Wangen nahmen eine zartrosa Tönung an. »Ja! Er hat seine dunkelbraunen Augen mit diesem samtenen Glanz, und die Grübchen, hach ...« Sie ließ sich mit verträumtem Blick auf Kims Bett zurücksinken. »Nachher rufe ich gleich Holger an!«

»Seid ihr jetzt wieder zusammen?«, fragte Kim neugierig. Marie und Holger waren sehr lange ein Paar gewesen, bevor die Beziehung, zermürbt durch die vielen Kilometer, die zwischen ihren Wohnorten lagen, auseinandergebrochen war. Seit einiger Zeit schien es jedoch wieder eine Annäherung zu geben. Gerade nach dem

Venedigfall war Marie auffallend oft mit Holger unterwegs gewesen …

»Ich weiß nicht, ob man das so sagen kann. Wir haben einfach festgestellt, dass uns etwas ganz Besonderes verbindet. Wenn wir zusammen sind, ist alles so leicht und unbeschwert. Wir haben beschlossen, nicht darüber zu sprechen, ob wir jetzt wieder ein Paar sind oder nicht. Wir genießen es einfach, wenn wir Zeit miteinander verbringen können. Fertig.«

»Wow.« Kim fehlten die Worte. Ihre Freundin schien das perfekte Rezept für eine gelungene, entspannte Beziehung mit dem Exfreund gefunden zu haben. Vielleicht konnte sie sich davon eine Scheibe abschneiden. Kim hatte sich von ihrer großen Liebe Michi getrennt, weil sie sich ihrer Meinung nach zu weit auseinanderentwickelt hatten. Die härteste Phase des Getrenntseins hatte sie mittlerweile überstanden. Dennoch spürte sie immer wieder Sehnsucht. Hatte sie eine falsche Entscheidung gefällt? Nein. Sie hatte sicher alles richtig gemacht. Vielleicht würde auch sie sich eines Tages ganz entspannt mit ihrem Exfreund treffen …

»Hast du Michi eigentlich mal wieder gesehen?«, wollte Marie prompt wissen.

»Ähm«, machte Kim. Sie biss sich kurz auf die Unterlippe. »Das ist kein so gutes Thema.«

Marie sah sie erschrocken an. »Sorry!«

»Ist schon o. k.«, murmelte Kim.

»Wenn du jemanden zum Reden brauchst, bin ich jederzeit für dich da, das weißt du, Kim?«

Auch Franzi nickte heftig. »Das Gleiche gilt für mich.«

»Danke.« Kim lächelte jetzt wieder. »Ihr seid echt lieb!« Sie fuhr das Notebook herunter. »Aber jetzt freue ich mich erst mal darauf, mit euch ein paar Tage im *NaturAbenteuerWald* zu verbringen. Wann geht es los?«

Bevor Marie antworten konnte, erklang die Melodie der Vorabendserie *Vorstadtwache*. Franzi eilte zu ihrem Rucksack, den sie neben der Tür abgelegt hatte. Sie zog ihr Handy aus der Seitentasche. »Das ist Felipe«, hauchte sie nach einem Blick auf das Display. Franzi hatte den Jungen vor einiger Zelt bei einem Fall kennengelernt. Zwischen dem süßen Halbmexikaner und ihr hatte es mächtig gefunkt und sie waren schnell ein Paar geworden. Jetzt waren sie eine gefühlte Ewigkeit zusammen – und immer noch hatte Franzi Schmetterlinge im Bauch, wenn sie auch nur an Felipe dachte.

»*¡Hola, querido!*«, flötete sie ins Handy. Marie stupste Kim in die Seite. »Das heißt bestimmt *Hallo, Schnubbibärchen*!« Augenblicklich prusteten die beiden Mädchen los. Franzi wandte ihnen den Rücken zu. Sie presste das Handy fester ans Ohr. »Felipe, was sagst du? Entschuldige, aber ich bin hier gerade mit zwei Hühnern eingesperrt, die erst mal erwachsen werden müssen. Was ...« Franzi bedeutete ihren Freundinnen leiser zu sein. »Wie bitte?« Franzis Stimme zitterte. Kim und Marie verstummten.

»Das klingt ja furchtbar! Wie ist das passiert? Wie geht es dir und Michi?«

Kim riss entsetzt die Augen auf. »Was ist mit Michi?«, flüsterte sie.

Feuerwerk der Gefühle

Kaum hatte Franzi das Gespräch beendet, hing Kim an ihrem Arm. »Was ist los?«, fragte sie hektisch. »Was ist mit Michi?«

Franzi seufzte. »Felipe und Michi hatten einen kleinen, dummen Brandunfall. Glücklicherweise ist nichts Ernsthaftes passiert. Es klang zunächst viel schlimmer, als es ist. Sie waren gerade beim Arzt. Felipe hat angerufen, weil wir heute Abend zum Schwimmen verabredet waren. Er hat jetzt einen Verband an der Hand und kann nicht ins Wasser. Deshalb wollte er mich fragen, ob ich Lust hätte, ins Kino zu gehen. Michi geht es übrigens auch gut.«

»Brandunfall?«, rief Kim. »Wieso hatten die beiden einen Brandunfall?« Sie atmete stoßweise. »Wie geht es Michi?«

»Beruhige dich.« Franzi fasste Kim am Arm. »Felipe hat ein paar Brandblasen an den Fingern und Michi ein leicht angesengtes Ohrläppchen. Dank Schutzkleidung ist nichts Schlimmeres passiert.«

»*Schutzkleidung*? Was um Himmels willen haben die beiden gemacht?«, stieß Kim hervor.

»Sie haben an pyrotechnischen Spezialeffekten für Magos Zaubershow gefeilt.«

»Pyrowas?« Kims Gesichtsfarbe wechselte von Kalkweiß zu Tomatenrot. »Verdammt noch mal, Franzi, lass dir doch nicht alles aus der Nase ziehen! Was war los?«

»Pyrotechnik. Feuerwerk eben.« Franzi holte tief Luft. »Sag bloß, du weißt nichts davon? Felipe und Michi haben sich doch damals auf der Halloweenparty im alten Stollen kennengelernt. Als Felipes Onkel Miguel mit seiner Zaubershow aufgetreten ist, sind sie ins Gespräch gekommen. Michi hatte die Idee, dass Magos Show durch ein paar zusätzliche Effekte an Spannung gewinnen könnte: Bengalisches Feuer, Goldregen, Sonnenräder. Michi kennt sich damit ja ein bisschen aus. Der Versuch heute ist allerdings außer Kontrolle geraten. Es gab kein farbenprächtiges Spektakel, sondern eine große Stichflamme.« Franzi zuckte mit den Schultern. »Typisch Jungs eben.« In Kims Kopf kreisten die Gedanken. Was hatte Michi denn mit Feuerwerk zu tun? Dieser ruhige, auf Sicherheit bedachte Junge – zündelte herum? Davon hatte sie bislang noch gar nichts mitbekommen.

Marie unterbrach Kims Grübelei: »Das ist doch die Gelegenheit, Michi anzurufen und ihn zu fragen, wie es ihm geht.« Sie lächelte Kim aufmunternd zu.

»Ich weiß nicht.«

»Klar«, sagte Franzi. »Mach das! Ihr kennt euch schließlich schon eine Ewigkeit. Auch wenn ihr nicht mehr zusammen seid, kannst du ja wohl nachfragen, wie es ihm nach so einem Unfall geht.«

Kim wuschelte sich durch ihre kurzen braunen Haare. »Meinst du?«

»Na sicher!«, riefen ihre Freundinnen wie aus einem Mund.

Marie sah auf ihre Armbanduhr und pfiff durch die Zähne. »Schon so spät? Leute, ich fürchte, ich muss weg. Papa hat versprochen, heute zum Abendessen Auberginenauflauf zu machen. Wenn ich nicht rechtzeitig da bin, lässt die verfressene Lina mir nichts übrig.«

Sie schnappte sich ihren Matchsack. »Und ihr seid wirklich beim Ausflug dabei?«

»Na klar«, rief Franzi. »Versprochen ist versprochen!«

Kim nickte heftig.

»Mädels, ihr seid spitze! Ich rufe euch nachher an. Redet vorher mit euren Eltern und dann klären wir die Details.« Marie warf sich ihren Beutel über die Schulter und lief zur Tür. »Übermorgen geht es los. Ciao!«

»Warte!«

»Was ist?«

Franzi schüttelte den Kopf. »Wir können dich

doch nicht ohne unseren Powerspruch in den Kampf um den Auberginenauflauf gehen lassen.«

Marie grinste. »Alles klar.«

Den Powerspruch hatten sie erfunden, um sich vor anstrengenden Ermittlungsarbeiten mit Energie aufzuladen. In der letzten Zeit nutzten sie das Ritual aber auch im Alltag, wenn es eine besondere Herausforderung gab.

Die drei Mädchen traten dicht zusammen und legten ihre Hände aufeinander. »Die drei !!!«, riefen sie im Chor. Kim sagte: »Eins!«, Franzi »Zwei!« und Marie »Drei!«. Dann rissen sie die Arme in die Höhe und riefen gemeinsam: »Power!!!«

Detektivtagebuch von Kim Jülich
Freitag 22:05 Uhr

Der Detektivclub verabschiedet sich in die Ferien – auch wenn wir immer noch nicht unser Archiv in Ordnung gebracht haben. Aber das Chaos läuft uns schon nicht davon. Momentan gibt es Wichtigeres: Franzi und ich fahren nämlich mit Marie in ein Biosphärenreservat, in dem es ein Naturkundemuseum, einen Baumwipfelpfad, Kletterparcours und Geocache-Touren gibt. Ich habe noch nie Geocaching gemacht. Aber Franzi meinte vorhin, dass das total spannend sei. Ihr großer Bruder Stefan hat sich extra ein neues GPS-Gerät gekauft, um mit sei-

nen Freunden auf digitale Schatzsuche zu gehen. GPS heißt »Global Positioning System«, hab ich vorhin im Internet gelesen. Das ist ein Navigationssystem, das per Satelliten verschiedene Orte auf der Welt kennzeichnet. Mit den GPS-Geräten kann man die Signale der Satelliten empfangen und die Position dieser Orte genau bestimmen.

Für eine Geocaching-Tour sucht man sich im Internet auf bestimmten Geocaching-Seiten Koordinaten heraus, die andere Leute angegeben haben. Diese Koordinaten bezeichnen den Breiten- und den Längengrad eines bestimmten Orts auf der Weltkarte. Und an dieser Stelle haben die Leute einen kleinen Schatz versteckt, den man finden soll. Man gibt die Koordinaten in das GPS-Gerät ein und es führt einen zu dem Versteck. Stefan hat erzählt, dass meist nur wertlose Sachen, wie kleine Plastikfiguren oder ein Logbuch, in das der Finder seinen Namen eintragen kann, zu finden sind. Es geht gar nicht darum, einen echten Goldschatz zu heben und reich zu werden, sondern um den Spaß am Suchen und Finden. Klingt ziemlich witzig!

Eine Freundin von Tessa leitet das Naturmuseum und hat sie mit Lina und Marie eingeladen. Marie hatte natürlich keine Lust, ihre Ferien mit Lina zu verbringen. Deswegen kommen Franzi und ich mit und unterstützen sie. Wir werden in Holzhütten direkt am Waldrand wohnen. Sehr cool. Glücklicherweise haben unsere Eltern zugestimmt, obwohl die ganze Sache ziemlich spontan ist. Am Sonntag geht es schon los. Tessa fand es richtig nett, dass Franzi und ich mitkommen wollen. Nur Lina hat erst mal Ärger gemacht. Sie fand es ungerecht, dass Marie zwei Freundinnen mitnehmen darf. Also hat sie so lange gebettelt, bis Tessa erlaubt hat, dass auch ihre neue Freundin mitkommen darf. Ich bin gespannt. Das letzte Mädchen, mit dem Lina befreundet war, Greta, hat sich ja als total falsche Schlange herausgestellt. Lina mag zwar eine Nervensäge sein – aber sie hat mir damals ganz schön leidgetan. Hoffentlich hat sie mit ihrer neuen Freundin mehr Glück.

Geheimes Tagebuch von Kim Jülich
Freitag, 22:55 Uhr

Letzte Warnung – Fremdlesen verboten!!! Jeder, der es wagt, geht den Weg des Zombies: Zack – Kopf ab. Oder des Zombiejägers: Zackzack, knirsch, knack – platt.

Ben und Lukas: Haben wir uns verstanden?! Die Welt ist voller Monster – eins davon ist eure große Schwester ...

Ich habe Michi angerufen! Er hat sich total gefreut. Es geht ihm den Umständen entsprechend gut. Zuerst hatte er Schwierigkeiten zu hören. Aber das lag nur an dem dicken Pflaster, das er auf dem rechten Ohr trägt, wo ihn das Bengalische Licht erwischt hat, als es außer Kontrolle geriet. Nachdem er das Handy ans linke Ohr genommen hatte, konn-

ten wir einwandfrei miteinander sprechen. Ich wusste gar nicht, dass Michi ein richtiger Experte in Pyrotechnik ist. Na ja, Experte kann man wohl nicht sagen, sonst wäre der Unfall heute nicht passiert. Ich bin so froh, dass er und Felipe nicht schwerer verletzt wurden.

Michi hat mir nach dem Telefonat noch eine SMS geschickt und mich für nächste Woche zu einer Probe der Zaubershow mit pyrotechnischen Effekten eingeladen. Soll ich wirklich hingehen? Oh Mann … Jetzt beschäftigt mich Michi wieder viel mehr, als mir lieb ist.

Zwei Tage später hielt ein schwarzer Van mit dem Logo der Filmproduktionsfirma, für die Tessa arbeitete, vor Kims Haus. »Einen wunderschönen guten Morgen, Kim! Können wir?«, rief Tessa gut gelaunt durch das heruntergelassene Fahrerfenster. Kim grüßte zurück, winkte zum Abschied ihrer Mutter, die am Küchenfenster stand, und lief um das Auto herum. Auf dem Beifahrersitz saß Marie. Sie verdrehte die Augen und zeigte kurz nach hinten. Auf der ersten Rückbank turnte Lina mit einem blonden, etwa zehnjährigen Mädchen herum. Die beiden hielten nur kurz inne, um Kim Hallo zu sagen. Gleich darauf wandten sie sich wieder ihren Albereien zu. Kim öffnete den Kofferraum und wurde beinahe von einer Gepäcklawine erschlagen. Mühsam schob sie Koffer, Körbe, Taschen, Federballschläger, Fußbälle und mit undefinierbarem Inhalt gefüllte Tüten und Säcke zurück in ihre ursprüngliche Position. Nachdem sie ihren Rucksack dazwischengequetscht hatte, schlug sie energisch den Kofferraumdeckel zu.

»Uff.« Kim ließ sich auf die hinterste Rückbank fallen. »Das sieht beinahe wie in unserem Auto aus, wenn wir für einen dreiwöchigen Urlaub am Meer gepackt haben. Wie lange wollen wir noch mal bleiben?«, rief sie nach vorne.

»Rutsch mal«, kam es plötzlich von der Seite. Marie hatte ihren Beifahrerplatz aufgegeben und kletterte zu Kim herein. »Ich bin so froh, dass du und Franzi mir beisteht«, raunte Marie. »Darf ich vorstellen: meine nervige Stiefschwester in spe und ihre neue ABF Carla, elf Jahre, aus der Parallelklasse. Sie haben sich in irgendeiner AG kennengelernt und sind seitdem unzertrennlich. Zusammen sind die beiden kaum auszuhalten.«

Wie zur Bestätigung quietschte Lina laut auf: »Hihi, Carla hat gepupst!«

»Gar nicht wahr. Du warst das!«, tönte es zurück. Beide Mädchen kringelten sich vor Lachen.

»Meine Damen, bitte nehmen Sie Ihre Plätze ein.« Tessa blinzelte Marie im Rückspiegel zu.

»Und bewahren Sie Haltung. Ich begrüße Sie an Bord von *Tessa-Airlines* und bitte Sie, sich anzuschnallen.«

»Und das Pupsen einzustellen«, ergänzte Lina vorlaut. Erneut wurden sie und Carla von einem Kicheranfall geschüttelt.

Marie und Kim hielten sich die Ohren zu, bis sie in der Einfahrt vor dem Bauernhäuschen stoppten, in dem Franzi wohnte.

»Hallo Franzi!«, begrüßte Tessa das dritte Ausrufezeichen fröhlich. »Am besten, du nimmst dein Gepäck mit rein. Der Kofferraum ist leider schon ziemlich voll.« Franzi nickte. Sie kletterte mit ihrem Seesack zu Marie und Kim auf die hinterste Sitzreihe.

Tessa drehte sich nach hinten. »Prima, jetzt sind wir vollständig. Wie gut, dass die Filmfirma mir den Van für unseren kleinen Ausflug zur Verfügung gestellt hat.« Sie lächelte. »Vor nicht allzu langer Zeit war ich alleinerziehende Mutter eines Einzelkindes – heute fahre ich mit einer halben Fußballmannschaft durch die Gegend, wie schön!« Vergnügt gab Tessa Gas. Während der ganzen Fahrt plapperte Lina unaufhörlich. Aber sie hatte in Carla und Tessa geduldige Gesprächspartnerinnen, sodass die drei !!! sich in Ruhe unterhalten konnten. Franzi zeigte ihren Freundinnen das neue Armband, das ihr Felipe am Vorabend geschenkt hatte: Ein kleiner, oval geschliffener Rosenquarzstein glitzerte an einem schmalen weißen Flechtlederarmband. Franzi berührte ihn sanft. Sie erinnerte sich an den Liebeszauber, den Felipe und sie nach einem uralten mexikanischen Brauch in der Silvesternacht zelebriert hatten. Mit Reiskörnern, einem Rosenquarz und Kerzen hatten sie ihre ewige Liebe besiegelt. Franzi seufzte. »Felipe ist so romantisch! Er hat genau das gleiche Armband. Seine Großmutter Rosita hat die Steine mit einem speziellen Zauber besprochen. Wenn wir sie berühren, die Augen schließen und ganz fest an den anderen denken, können wir ganz deutlich sehen, was er gerade macht, auch wenn wir Kilometer voneinander entfernt sind.« Franzi schloss verträumt die Augen.

»Und?«, fragte Marie. »Funktioniert es?«

Franzi öffnete die Augen. »Wenn andere zusehen, geht es nicht!«, sagte sie vorwurfsvoll.

»Glaub mir, das geht weder mit noch *ohne* Zusehen.« Kim schüttelte grinsend den Kopf. Sie würde nie verstehen, warum ihre Freundinnen diesen Hang zum Übersinnlichen hatten und an Botschaften aus dem Jenseits beim Gläserrücken, dem Legen von Tarotkarten oder an andere spirituelle Experimente glaubten.

»Spielverderber!«, riefen Franzi und Marie wie aus einem Mund. Dann mussten alle drei gleichzeitig lachen.

»Was spielt ihr?«, kam es prompt von vorne. Linas rundes Gesicht tauchte zwischen den Polstern der Rücklehne vor Marie auf. »Wir wollen mitmachen!«

»Lasst uns in Ruhe. Wir haben Wichtiges zu besprechen«, zischte Marie.

Lina stützte das Kinn auf die Rücklehne, zog die Stirn in Falten und fixierte Marie böse. Sie sah aus wie ein dicker Dackel, dem man den Knochen weggenommen hatte, fand Marie.

»Ich wollte auch etwas Wichtiges mit dir besprechen«, fing Lina an. »Ich finde, wir sollten die Zimmer in der Villa tauschen. Es ist total ungerecht, dass du das größere Zimmer mit eigenem Bad hast. Das ist die totale Verschwendung, so selten wie du zu Hause bist. Also, was hältst du davon?«

Marie erstarrte. »WIE BITTE?«

»Bist du taub? Ich will das größere Zimmer!«

Bei so viel Dreistigkeit verschlug es Marie glatt die Sprache. Sie schnappte nach Luft.

Tessa griff ein. »Lina, jetzt ist Schluss!«, rief sie nach hinten. »Über die Zimmerverteilung wird nicht mehr diskutiert. Das haben wir alles vor Wochen im Familienrat beschlossen. Marie hat das größere Zimmer, weil sie älter ist und Raum für sich braucht. Basta!«

Linas Wangen färbten sich rot. »Ihr seid doof!« Sie schlug auf das Polster vor sich. »Ich rede mit Helmut darüber, dann werden wir schon sehen!«

Jetzt reichte es Marie endgültig. Ihr war nicht entgangen, dass sich Lina mit ihrem Vater sehr gut verstand. Lina himmelte ihn geradezu an und ließ keine Gelegenheit aus, um in seiner Nähe sein zu können. Und auch Herr Grevenbroich schien es zu genießen, eine zweite, jüngere Tochter um sich herum zu haben, mit der er ins Schwimmbad gehen und Blödsinn machen konnte, für den Marie sich einfach zu erwachsen fühlte. »Du spinnst ja!«, schrie Marie. »Das ist mein Vater. Wenn du glaubst, dass du ihn um den Finger wickeln kannst, hast du dich aber mächtig getäuscht. Glaubst du etwa, es gefällt ihm, dass du dich ständig bei ihm einschleimst? Du tust ihm ja bloß leid!« Augenblicklich biss sich Marie auf die Lippe. Jetzt war sie zu weit gegangen, das war klar. Aus den Augenwinkeln sah sie, wie Kim den Kopf schüttelte.

Lina blickte Marie aus erschrockenen Augen an. Sie öffnete den Mund und klappte ihn wieder zu. Abrupt drehte sie sich um. Ihre Schultern zuckten. Carla legte den Arm um sie und gab ihr ein Taschentuch.

Tessa seufzte. »Marie, war das jetzt nötig?«

Marie verzog den Mund. »Lina bringt mich einfach immer wieder zur Weißglut!« Sie beugte sich vor. »Tut mir leid, ich entschuldige mich für das, was ich eben gesagt habe.«

Lina würdigte sie keines Blickes. Nur ein undeutlich genuscheltes »Angenommen, blöde Nuss …« verriet, dass Lina sie gehört hatte.

Die Weiterfahrt verlief schweigend. Kim zog eine Tüte Gummibärchen aus ihrem Rucksack und gab eine Runde aus. Die Stille wurde nur durch leise Schmatzgeräusche unterbrochen. Kim lehnte sich zurück. Nachdenklich beobachtete sie, wie Marie nervös ihren Opalring am Finger hin- und herdrehte. »Das kann ja heiter werden«, murmelte sie leise.

In der Wildnis

Tessa parkte den Van unter einem der mächtigen, alten Kastanienbäume, die das Naturhistorische Museum umsäumten. Das zweistöckige Backsteingebäude aus dem 19. Jahrhundert war geschickt mit einem modernen Erweiterungsbau aus Glas und Stahl verbunden worden. Der Eingangsbereich war hell und freundlich gestaltet und wirkte richtig einladend.

»Da hast du deinen ›angestaubten Kasten‹«, flüsterte Kim Marie grinsend zu.

Eine etwa vierzigjährige Frau im schicken Designerkostüm kam ihnen über den gekiesten Weg entgegen. »Tessa! Wie schön! Herzlich willkommen im *NaturAbenteuerWald.*«

»Ina!«

Die beiden Frauen fielen sich um den Hals. Tessa stellte die Mädchen vor.

»Wow«, raunte Marie. »Diese Ina sieht ja richtig elegant aus. Das hätte ich in diesem Kaff nicht erwartet.«

Kim verdrehte die Augen. »Manchmal bist du ganz schön arrogant, Marie.«

Bevor Marie etwas erwidern konnte, zog ein

herbeieilender, wild gestikulierender Mann ihre Aufmerksamkeit auf sich. Er winkte abwehrend mit beiden Händen. Kim prägte sich aus alter Detektivgewohnheit sofort das Erscheinungsbild des Mannes ein: Hochgewachsene Gestalt, hager, um die fünfzig, schütteres, weißblondes Haar, weißblonde Augenbrauen und Wimpern, sehr helle Haut; trägt verwaschene Jeans, ein kariertes Hemd, Turnschuhe.

»Was ist denn hier los?«, erkundigte er sich erstaunt. Zwischenzeitlich hatten Carla und Lina, die immer noch beleidigt war, begonnen, das Gepäck auszuladen und neben dem Auto zu stapeln. Kim stellte fest, dass es ein bisschen wie auf einem der Wohltätigkeitsbasare aussah, die ihre Mutter in ihrer Freizeit organisierte.

»Was hat dieser Menschenauflauf zu bedeuten? Wir haben wegen Umbaus geschlossen.«

Tessas Freundin winkte ab. »Nicht doch, Hartmut-Hagen, das ist Tessa, eine alte Studienfreundin, die mich mit den Kindern besucht. Ich bin so schusselig in letzter Zeit. Ich habe umdisponiert und vergessen dir zu sagen, dass wir Besuch bekommen.« Sie stellte den Mann vor: »Das ist Hartmut-Hagen Westphal, der Bruder meines verstorbenen Mannes. Er leitet unsere paläontologische Werkstatt und ist ein Meister in seinem Fach. Keiner kann so gut Versteinerungen präparieren wie er! Ich weiß nicht, was ich ohne ihn machen würde. Seit dem Tod von Benedikt hilft er mir hier im Museum, wo er nur kann. Ohne ihn würde ich das alles nicht schaffen.«

Hartmut-Hagen winkte hastig ab. »Jetzt übertreib mal nicht. Das ist doch unser gemeinsames Werk.« Er raufte sich die Haare. »Aber, was hat das alles zu bedeuten? Was machen die vielen Kinder hier? Und das ganze Gepäck? Ich dachte, *du* wolltest wegfahren und dir ein paar gemütliche Tage bei deiner Freundin machen?«

Ina machte ein schuldbewusstes Gesicht. »Es tut mir leid. Wie gesagt, ich habe Tessa spontan hierher eingeladen. Sie hat mit ihrem Lebensgefährten ein neues Haus bezogen, in dem überraschend größere Baumaßnahmen nötig wurden. Und da dachte ich, sie könnte mit den Kindern ein paar Tage hier verbringen, bis die Handwerker wieder weg sind.«

»Verstehe.« Hartmut-Hagen zog die Stirn in Falten. »Aber ich brauche Ruhe, um die ausgelagerten Exponate in der Werkstatt zu katalogisieren, bevor sie wieder in die Vitrinen kommen, das weißt du doch.«

Ina lächelte. »Wir werden dich bestimmt nicht stören. Unsere Gäste können in zwei der neuen Waldhütten wohnen. Die sind ja mittlerweile fertiggestellt.« Sie wandte sich Tessa und den Mädchen zu. »Der Umbau des Museumstraktes hingegen hat sich verzögert. Wir sind sehr spät dran. Die offizielle Eröffnung ist zwar erst in einer Woche. Aber in ein paar Tagen soll die große Pressekonferenz stattfinden. Leider sieht es im Ausstellungssaal noch ziemlich wüst aus.«

»Wir können Ihnen auch helfen«, sagte Kim zu Hartmut-Hagen.

»Gott bewahre, das fehlte noch: Ein Haufen Kinder, die in meiner Werkstatt zwischen wertvollen Exponaten herumlaufen! Vielen Dank!« Der Mann schüttelte entsetzt den Kopf. »Ich mache dann mal weiter.« Er verschwand in einem Nebentrakt.

Ina zuckte mit den Schultern. »Entschuldigt bitte Hartmut-Hagens Auftritt. Er ist gerade sehr unter Druck. Sonst ist er ein echt netter Kerl, auf den absolut Verlass ist. Ein totaler Familienmensch, der seine Frau Herlind und die zwei Kinder vergöttert und verwöhnt, wo er nur kann. Wir sind ein wunderbares Team.«

Tessa stutzte. »Etwa *die* Herlind? Diese überschminkte Schnepfe von der Uni? Die dir Benedikt ausspannen wollte?«

Ina winkte müde lächelnd ab. »Genau die. Aber das ist alles Vergangenheit. Hartmut-Hagen und Herlind haben zueinandergefunden, kurz nachdem Benedikt und ich geheiratet haben. Und alles war gut.«

Tessa machte große Augen. »Das hast du mir ja nie erzählt! Lass uns schnell das Gepäck in die Hütte bringen, damit wir sofort einen Kaffee trinken und eine Runde quatschen können.«

Ina nickte. »Sehr gerne!«

Gemeinsam schafften sie Koffer und Taschen zu einem angrenzenden Gelände am Wald. Erleichtert stellte Marie fest, dass Ina zwei gemütlich aussehende Holzhütten aufschloss. Sie lächelte Marie an. »In jeder Hütte ist Platz für sechs Leute. Aber ich nehme an, dass ihr drei Mädchen lieber unter euch sein wollt?«

Die drei !!! stimmten begeistert zu.

Eine Viertelstunde später hatten alle ihr Gepäck verstaut und die Gruppe machte sich auf den Weg zurück ins Museum.

»Das Wegfahren hat sich ja echt gelohnt«, stellte Marie fest, nachdem sie einen Blick in den Ausstellungssaal geworfen hatte. »Die Schlitze für die Elektroleitungen sind noch viel größer als in unserer Villa!«

Tessa zog warnend eine Augenbraue hoch.

Tatsächlich herrschte in dem kleinen Saal ziemliches Chaos. Zwischen leeren Vitrinen lagen Schutt, Kabel und Werkzeuge herum.

Ina seufzte. »Könnt ihr jetzt verstehen, warum Hartmut-Hagen so nervös ist? Das alles muss in drei Tagen tipptopp aussehen. Aber das soll nicht euer Problem sein.« Sie lächelte die Mädchen an. »Für euch hätte ich eine spannende Aufgabe: Habt ihr Lust, einen Geocache-Trail für mich zu testen?«

Die Mädchen nickten begeistert. Lina vergaß sogar, dass sie eigentlich tödlich beleidigt war und mit Marie kein Wort mehr sprechen wollte: »Super, darauf habe ich Lust! Marie, wir können die Koordinaten auf dein tolles Handy laden, das ist doch GPS-fähig!«

Marie nickte und zog ihr Handy aus der Hosentasche. »Klar, das machen wir.«

»Wir haben natürlich auch eigene GPS-Geräte mit der richtigen Software hier, die wir für die Touren zur Verfügung stellen«, sagte Ina, während sie die Gruppe zu ihrem Büro führte. »Probiert einfach aus, ob Maries Modell funktioniert. Bei manchen gibt es Probleme. Dann müsstet ihr mit einem museumseigenen Gerät vorliebnehmen.«

Während Ina den Computer hochfuhr, erzählte sie weiter: »Wir bieten schon seit ein paar Monaten diese moderne Schnitzeljagd für verschiedene Kindergruppen an. In der letzten Woche gab es einige Beschwerden, weil manche Kinder die Stationen nicht gefunden haben und Caches angeblich verschwunden waren. Eine Gruppe hat sogar von einem Gespenst erzählt, das ihnen in der Abenddämmerung von Weitem zugewunken habe.« Ina lächelte. »Da ist die Fantasie mit den Kindern durchgegangen. Viele Menschen sind es nicht mehr gewohnt, sich in der freien Natur zu bewegen, schon gar nicht in einem dichten Nadelwald. Da kann es schon mal richtig düster und unheimlich werden, und man sieht Dinge, die es gar nicht gibt. Aber was die Probleme beim Finden der Caches anbelangt, da muss ich noch nachbessern. Ich fürchte, dass einige der Rätsel und Aufgaben für die Zielgruppe zu schwer sind und die Kinder die Caches daher nicht gefunden haben. Ich wäre euch dankbar, wenn ihr die Augen offen halten könntet: Lina und Carla, ihr als die Jüngsten in der Truppe könnt darauf achten, ob eventuell ein Rätsel oder eine Aufgabe zu undeutlich formuliert ist.«

Die beiden Mädchen nickten. »Klar, das machen wir«, sagte Lina stolz.

Ina öffnete die Homepage des Museums und deutete auf den Bildschirm. »Hier sind die verschiedenen Geocache-Touren, bislang haben wir vier im Angebot.«

Neugierig drängten sich die Mädchen um Ina. »Es gibt eine ›Troll- & Zombie-Route‹«, las Carla begeistert vor. »Sie führt durch Sandsteinformationen, deren Silhouetten an gruselige Gestalten erinnern. Toll!«

»Das ist was für dich, Kim«, platzte Franzi heraus. »Du köpfst doch gerne Zombies!«

Kim errötete leicht und sah Franzi durchdringend an.

»Ach ja?« Tessa zog fragend eine Augenbraue hoch. »Muss ich mir Sorgen machen?«

Kim schüttelte den Kopf. »Das ist, ähm, eine sehr private Angelegenheit.« Sie sah wieder auf den Bildschirm. »Hier: Wir können auch einen Event-Cache machen, bei dem unterwegs Müll mitgenommen wird, den Leute im Wald liegen gelassen haben. Das finde ich gut!« Sie scrollte weiter. »Einen Nacht-Cache gibt es auch! Die Stationen können nur mit einer Taschenlampe im Dunkeln ausfindig gemacht werden, weil an ihnen Reflektoren befestigt sind, die im Licht aufleuchten.«

»Den müssen wir unbedingt machen!«, rief Lina und hüpfte aufgeregt auf und ab.

Kim lächelte. »Finde ich auch. Aber es dauert noch eine Weile, bis es dunkel ist. Ich schlage vor, wir machen zuerst den kleinen Cache hier, ›Naturdetektive – drei Stationen‹ mit einem Münzversteck am Ende, aus dem sich jeder eine ›Naturdetektiv-Medaille‹ nehmen darf«, las sie vor. »Wie cool! Das schaffen wir locker vor dem Mittagessen.«

Die anderen stimmten sofort zu. Wie sie feststellen mussten, befand sich auf Maries Handy leider nicht die richtige Software. »Wartet einen Moment«, sagte Ina. »Ich hole eins unserer neuen GPS-Geräte. Tessa, kommst du gleich mit? Dann zeige ich dir den Weg zum Dachterrassenrestaurant, da kannst du schon mal auf mich warten.«

Tessa nickte. »Wunderbar, ich freue mich auf einen starken Cappuccino – und den neuesten Klatsch und Tratsch!«

Fünf Minuten später, die Mädchen sahen sich gerade auf der Homepage die Bilder des angegliederten Baumwipfelpfads an, erklang ein Räuspern von der offen stehenden Tür. Ein junger Mann mit verwuschelten dunklen Haaren lehnte am Türrahmen. Er trug Outdoorkleidung und hielt ein GPS-Gerät auf der flach ausgestreckten Hand. »Hallo allerseits. Ich bin gerade Ina begegnet und sie hat mich gebeten, euch das zu bringen.«

Marie sah den Jungen mit großen Augen an. *»Die versteinerte Muschel!«*

Lina und Carla wechselten einen erstaunten Blick. Auch der Junge wirkte irritiert. »Nein«, sagte er kopfschüttelnd. »Das ist ein GPS-Gerät. Damit kann man …«

»Natürlich, das weiß ich.« Marie machte eine abwehrende Handbewegung. »Aber ich meine dich!«

»Na, hör mal!«

Lina, Carla, Franzi und Kim brachen in schallendes Gelächter aus. Kim beruhigte sich als

Erste wieder. »Meine Freundin Marie hat dich auf der Homepage gesehen. Du bist zusammen mit einem Muschelfossil abgebildet.«

Die Gesichtszüge des jungen Mannes entspannten sich. »Ach so!« Er grinste. »Ich bin übrigens Henry und mache seit einem halben Jahr ein Praktikum hier. Ich studiere Sport und Biologie auf Lehramt. Deshalb hat mich Ina gebeten, den Baumwipfelpfad und die Kletterparcours mit zu konzipieren und zu verbessern.«

Kim stellte die anderen vor und Henry schüttelte jedem Mädchen die Hand. Marie schien er einen Tick länger in die Augen zu sehen, als er ihr die Hand gab. »Und ihr seid also für ein paar Tage auf Besuch, schön! Es ist vielleicht ein bisschen spontan, aber habt ihr jetzt gleich Lust, eine Tour über den Baumwipfelpfad und den Kletterparcours zu machen? Den Cache könnt ihr doch auch heute Nachmittag suchen, oder?« Er strich sich eine Haarsträhne aus dem Gesicht. »Ich will noch ein paar Infotafeln in den Baumkronen anbringen. Dabei könnte ich Hilfe gebrauchen. Und ich könnte euch ein paar fantastische Sachen zeigen.«

Marie warf ihre blonde Mähne zurück, lächelte ihr schönstes Lächeln und hauchte: »Henry, das ist eine großartige Idee! Nicht wahr, Mädels?«

Der kopflose Geist

»Ich sterbe.« Kim starrte in die Tiefe und klammerte sich am Geländer der schmalen Plattform fest. Ihr Atem ging stoßweise. »Ganz ruhig.« Marie trat vor Kim. »Schau nicht nach unten, sieh *mich* an!«

Kim schüttelte den Kopf. »Ich kann nicht mehr. Dieser Baumwipfelpfad hier reicht mir vollkommen.« Sie nahm den Schutzhelm ab und wischte sich mit dem Ärmel den Schweiß von der Stirn. »Dass ich Platzangst habe, war mir schon lange klar. Jetzt weiß ich, dass ich auch unter Höhenangst leide. Ich gehe jedenfalls nicht noch in diesen Klettergarten mit und hänge in zehn Metern Höhe irgendwo herum.«

»Ist bei euch alles in Ordnung?«, rief Henry aus der Krone einer mächtigen Eiche, die neben der Plattform wuchs. Er stand mit Seilen gesichert auf einem Ast und hatte einen Hammer in der einen Hand, während er mit der anderen in seiner Hosentasche kramte. Lina und Franzi hingen in Klettergurten knapp unter ihm und hielten eine große beschriftete Aluminiumtafel bereit.

Marie seufzte. »Alles klar«, rief sie Henry zu. »Kim muss sich nur an die Höhe gewöhnen. Wenn ihr fertig seid, können wir in den Seilgarten.«

Henry machte das Okay-Zeichen. Dann wandte er sich zu Lina und Franzi. »Ihr könnt mir jetzt das Schild geben.«

Geschickt hängte Lina die Karabiner ihrer Sicherung um und schwang an Henry heran. Er nahm die Aluminiumplatte in Empfang. »Danke, perfektes Timing!«

Franzi sah bewundernd zu. »Lina, du bist verdammt gut!«

»Ach, das ist doch ein Kinderspiel«, rief Lina. Ihre roten Pausbacken verrieten, wie sehr sie sich über das Lob freute. »Ich bin schließlich seit zwei Jahren in der Kletter-AG unserer Schule.«

»Ach«, zischte Marie. »Ich hätte eher gedacht, dass sie das beim Freeclimbing am Wandschrank in meinem Zimmer gelernt hat – wenn sie das oberste Fach mit meinen teuren Kaschmirpullis erreichen will.«

Kim musste grinsen. Dann kniff sie die Augen zusammen. »Ich werde mich *niemals* an die Höhe gewöhnen«, murmelte sie. »Ich gehe besser wieder runter.«

Carla streichelte ihr mitfühlend den Arm. »Soll ich mitkommen?«

»Das ist lieb von dir. Aber ich schaffe das

schon alleine. Ihr wolltet doch noch in den Hochseilgarten.«

Marie sah Kim unsicher an. »Bist du sicher?«

»Klar. Ich warte unten auf euch.«

Als Kim den Holzsteg entlanglief, der zur nächsten Plattform führte, fühlte sie sich gleich besser. Die Wege waren breit und es gab ein Geländer, sogar Rollstuhlfahrer und kleine Kinder konnten hier sicher passieren. Kim sah zurück. Henry hatte die Informationstafel am Baum befestigt und schwang sich gerade über die Brüstung zur Plattform zurück. Marie strahlte Henry an und der junge Mann lächelte geschmeichelt zurück. Kim schmunzelte. Marie sah in ihren Outdoorklamotten einfach toll aus.

Sie selbst bevorzugte eher gemütliche Jeans und Schlabberpullis und achtete nicht so sehr auf Kleidung. Aber Michi hatte ihr einmal gesagt, dass ihm genau das an ihr so gefiel. *Michi!* Kim beschloss, ihm sofort eine SMS zu schicken, sobald sie wieder festen Boden unter den Füßen hatte. Ja, sie würde zur Feuerwerksprobe kommen, zu der er sie eingeladen hatte!

Sie überquerte die Hängebrücke und bedauerte, dass sie Carlas Angebot, sie zu begleiten, abgelehnt hatte. Nun hatte sie niemanden, der vor ihr lief und auf dessen Rücken sie sich hätte konzentrieren können.

Als Kim zehn Minuten später mit wackeligen

Knien am Boden angelangt war, rutschten Lina und Carla schon in der Ferne in atemberaubendem Tempo an Stahlseilen von Baum zu Baum. Sie quietschten vor Vergnügen. Marie und Franzi ließen sich offensichtlich von Henry irgendetwas zeigen, jedenfalls standen die drei auf der höchsten Plattform und Henry gestikulierte angeregt.

Kim setzte sich im Schatten ins Gras. Sie fing an zu tippen: *lieber michi!* Kim ließ das Handy sinken. Sollte sie besser etwas distanzierter schreiben? *hallo michi!* Oder vielleicht: *hi du*. Es musste irgendwie cooler klingen, *hey mike, was geht?* So ein Schwachsinn. Genervt starrte Kim auf das Display. Das fing ja gut an. Wenn sie so weitermachte, konnte sie Michi die Nachricht nach ihrer Rückkehr gleich selbst vorlesen.

Kim blickte ratlos auf den Boden. Plötzlich zuckte ein Lichtblitz über das Gras. Kim sah irritiert auf. Sie nahm ein weiteres Aufblenden wahr. Es kam aus einem Gebüsch in vielleicht 30 Metern Entfernung. Kim verspürte das bekannte Kribbeln in der Magengegend, das sie jedes Mal hatte, wenn ihr Detektivinstinkt sich meldete. Sie drehte sich ein wenig zur Seite und tat, als würde sie weiter an ihrer SMS tippen. Aus dem Augenwinkel nahm sie ein weiteres starkes Blenden wahr. Kein Zweifel: Jemand beobachtete sie mit einem Fernglas, in dessen Linsen sich das Sonnenlicht spiegelte! Kim stand langsam auf, den Blick scheinbar weiter konzentriert auf das Handy gerichtet. Sie begab sich auf die andere Seite des dicken Baumstamms, weg aus dem Sichtfeld des Beobachters. Wer spionierte ihr hinterher? Was sollte das Ganze? Kim wurde mulmig zumute. Die anderen waren hoch droben in den Bäumen beschäftigt, keiner achtete auf sie. Sie war hier unten ganz alleine.

Ohne weiter zu zögern, ahmte Kim den Ruf einer Kohlmeise nach. Das war seit Neuestem das geheime Zeichen der drei !!! für *Gefahr!*. Kim sah, wie Franzi und Marie alarmiert die Köpfe hoben. Dann seilten sie sich unter dem erstaunten Blick von Henry eilig von der Plattform ab.

»Was ist los?«, fragte Franzi.

»Jemand beobachtet uns mit einem Fernglas.«

»Wo?«

»Hinten bei der Hecke«, flüsterte Kim und nickte unmerklich in die Richtung. »Aber jetzt ist das Aufblenden weg.«

Marie sah unauffällig in die angegebene Richtung. Sie stützte eine Hand in die Hüfte. »Kim. Ich glaube, du bist etwas überempfindlich. Wahrscheinlich hast du dich vorhin zu sehr aufgeregt.«

Kim sah ihre Freundin verärgert an. »Da war ganz bestimmt jemand!«

Henry, Lina und Carla stießen zu ihnen.

»Habt ihr einen neuen Fall?«, wollte Lina wissen.

Marie verdrehte die Augen. »Lasst uns in Ruhe und geht weiter spielen.«

Lina wollte gerade empört etwas entgegnen, aber Franzi war schneller: »Da hinten bewegt sich etwas!«, zischte sie aufgeregt.

Tatsächlich wackelte das Gebüsch, als wäre in seinem Inneren etwas verborgen.

»Hallo, ist da jemand?«, rief Henry ungehalten. Er lief auf den Busch zu.

Plötzlich erschien ein Gesicht zwischen den Blättern, es folgten Arme, dann ein Bein. Eine Person in grüner Tarnkleidung robbte aus dem Geäst hervor. Sie richtete sich auf, klopfte sich Erde von der Hose und ging auf die Gruppe zu. Lächelnd grüßte sie von Weitem. »Hallo allerseits!« Der Mann schob sich die dunkelgrüne Mütze aus dem Gesicht. Ein paar hellblaue Augen mit einer Menge Lachfältchen darum herum blitzten unter einem roten Haarschopf. Um den Hals hatte er ein Fernglas hängen. »Ich glaube, ich muss etwas erklären.«

Kim nickte. »Das wäre nett. Sie haben mich beobachtet, stimmt's?«

Der Mann schüttelte den Kopf. »Nein, das habe ich nicht.«

»Aber Sie haben mit Ihrem Fernglas in meine Richtung gesehen. Die Linsen haben reflektiert!«

»Es ist richtig, dass ich etwas beobachtet habe. Aber nicht dich.«

Henry sah den Mann skeptisch an. »Ich glaube, das müssen Sie uns genauer erklären.«

Der Mann nickte und nahm die Mütze vom Kopf. »Sicher. Mein Name ist übrigens Noris Kinner. Ich bin Elektriker und wohne im Dorf nebenan. Momentan arbeite ich auf der Baustelle im Ausstellungssaal.«

»Richtig!«, rief Henry. »Jetzt erkenne ich Sie auch.«

»Ich wüsste aber trotzdem gerne, warum Sie mit einem Fernglas im Gebüsch liegen«, beharrte Kim.

Noris Kinner nickte. »Ich bin Hobby-Ornithologe«, fuhr er fort. »Ich beobachte in meiner Freizeit Vögel.« Er deutete der Gruppe an, ihm zu folgen. »Momentan ist Nistzeit. Seid ganz leise!« Noris Kinner bog einen belaubten Zweig an einem niedrigen Baum in ihrer Nähe zurück. »Hier. Das habe ich beobachtet. Ich wollte nicht zu nahe drangehen. Daher das Fernglas.«

Franzi trat näher und unterdrückte ein begeistertes Quietschen: Vier flauschige Vogeljungen saßen aneinandergekuschelt in einem Nest und rissen hungrig ihre gelben Schnäbel auf.

»Süß!«, flüsterte sie. »Junge Amseln, maximal drei Wochen alt.«

Lina und Carla beugten sich neugierig vor.

Noris Kinner nickte anerkennend. »Du kennst dich aus.«

»Ich liebe Tiere über alles. Ich selbst habe ein hinkendes Huhn und ein total süßes Pony zu Hause.« Franzi lächelte. »Außerdem helfe ich meinem Vater oft in seiner Tierarztpraxis. Da lerne ich eine Menge.«

»Das ist schön!«, sagte Herr Kinner. »Ich bin auch großer Tierfreund. Am liebsten aber beobachte ich im Freien. Dort bewegen sich die Tiere ganz anders als in Gefangenschaft. Deshalb finde ich es auch toll, dass Frau Prof. Dr. Westphal diesen Baumwipfelpfad eingerichtet hat. Es ist wichtig, dass die Menschen mehr über die Natur lernen. Nur dann werden sie wieder ein anderes Verhältnis zu ihr bekommen und sie nicht weiter kaputt machen. Die Menschen stören die Natur.«

Kim verzog das Gesicht. »Wenn es nach mir ginge, müsste das Ganze aber nicht in so einer Höhe passieren. Ich freue mich viel mehr auf unsere Geocaching-Tour heute Nachmittag. Dabei ist man der Natur wirklich nahe – mit beiden Beinen auf dem Boden.«

»Geocaching?«, fragte Noris Kinner. »Diese neumodische Art von Schnitzeljagd, bei der versteckte Sachen im Wald mithilfe von GPS-Daten gesucht werden?«

»Genau!«, antwortete Lina eifrig. »Das Museum bietet verschiedene Touren an. Ina, also Prof. Dr. Westphal will, dass wir die Routen testen. Also, genau genommen, Carla und ich, weil wir ungefähr so alt sind wie die Kinder, für die die GPS-Touren gemacht sind. Es sind nämlich komische Dinge passiert, genau genommen, sind die Schätze verschwunden. Also, ganz genau genommen, haben die Kinder sie wohl nicht gefunden, weil die Rätsel zu schwer waren, und einige haben sich sogar gegruselt. Sie haben einen Geist gesehen, der genau genommen, gar keiner war, weil …«

»Ich weiß nicht, ob Herr Kinner das alles *so genau* wissen will«, unterbrach Marie Lina.

Sie schwieg beleidigt.

Tatsächlich wirkte Noris Kinner ein bisschen verwirrt. Er sah Lina nachdenklich an. »Das mit dem Geist ist interessant«, sagte er schließlich. »Kennt ihr die Sage vom grausamen Conrad von Lengfelde, der hier vor vielen hundert Jahren sein Unwesen getrieben hat?«

Die Mädchen schüttelten die Köpfe.

Mit gesenkter Stimme begann Noris Kinner zu erzählen: »Conrad von Lengfelde war ein berüchtigter Raubritter, der in dieser Gegend lebte. Die Ruine seiner Burg könnt ihr heute noch am Rand des Waldes sehen. Dort hielt er Leute aus dem Dorf gefangen, die er zuvor entführt hatte.

Wenn die Familienangehörigen das Lösegeld, das er verlangte, nicht zahlen konnten, ließ er die Gefangenen qualvoll in seinem Burgverlies verhungern und verdursten.«

Carla und Lina hörten schweigend zu. Kim, Franzi und Marie wechselten einen intensiven Blick.

»Eines Tages«, fuhr Noris Kinner mit düsterer Stimme fort, »hatten es die Dorfbewohner satt. Sie lauerten Conrad im Wald bei der großen Felsformation auf, nahmen ihn gefangen und – enthaupteten ihn. Dabei rollte der Kopf in eine Felsspalte und verschwand darin. Conrad wurde kopflos begraben. Zwei Nächte später bemerkte ein Köhler, der gerade das Feuer in seinem Meiler mit der darin entstehenden Kohle überprüfte, eine seltsame Gestalt im Wald. Sie bewegte sich torkelnd fort und stieß immer wieder gegen Bäume und Steine. Als der Mann näher heranging, erblickte er das Grauen persönlich: einen menschlichen Körper ohne Haupt, der wild mit den Armen fuchtelte. Conrad von Lengfelde war von den Toten auferstanden und suchte nach seinem Kopf!« Herr Kinner machte eine Kunstpause. »Der Legende nach tut er dies immer noch. Es wurde und wird immer wieder berichtet, dass ein kopfloser Geist durch diesen Wald irrt.« Noris Kinner räusperte sich. »Besonders um Pfingsten herum, zu der Zeit, zu der er damals sein Leben und seinen Kopf verlor, soll er aktiv sein.«

»Heute ist Pfingstsonntag«, hauchte Lina und fasste nach Carlas Hand. Ein beklommenes Schweigen machte sich breit.

Kim spürte, wie ihr ein kalter Schauer den Rücken hinablief. Sie wusste, dass es keine Geister gab. Aber Herr Kinner hatte die Sage mit so gruseliger Stimme erzählt, dass sie glatt vergaß, dass sie das wusste.

Franzi rückte ein Stück dichter an sie heran. »Du bist nicht allein«, raunte sie ihr ins Ohr. Kim sah sie verständnislos an. »Denn, wie man so hört, köpfen auch andere gern. Haha!«

Ohne weitere Vorwarnung stürzte sich Kim auf ihre Freundin und begann, sie durchzukitzeln. Franzi riss sich los und rannte kichernd ein Stück weiter, aber Kim blieb ihr dicht auf den Fersen. Die anderen betrachteten das Schauspiel befremdet. Aber sie schienen froh zu sein, dass die unheimliche Stimmung, die Noris Kinners Geschichte hervorgerufen hatte, verflogen war.

»Ich muss dann mal weiter.« Herr Kinner hob eine Hand zum Abschied. »Vielleicht sieht man sich ja mal wieder.«

Henry nickte. »Wir sollten auch zurück zum Museum gehen. Es gibt einen Snack auf der Dachterrasse, bevor ihr zu eurer Schatzsuche aufbrecht.«

Lina strich sich über den Bauch. »Ich kann eine Stärkung gut vertragen. Diese Gruselgeschichte war echt fies. Glaubt ihr, dass etwas Wahres dran ist?«

»So ein Quatsch!«, rief Kim, die noch ganz außer Atem von ihrer Verfolgungsjagd mit Franzi war. »Lass dich davon nicht beeindrucken. Dieser Noris Kinner scheint ein ganz netter Kerl zu sein. Aber er ist zu oft allein im Wald und scheint dabei ein bisschen seltsam geworden zu sein. Vergiss die Sache einfach.« Sie zupfte sich ein Blatt von der Schulter. »Und jetzt lasst uns endlich essen gehen.«

Zwei Stunden später waren die Mädchen wieder unterwegs. Zu Maries Enttäuschung musste Henry in der Werkstatt helfen und war nicht mitgekommen.

»Grünkernbratlinge auf Sauerampferbett.« Lina schüttelte sich. »Ich habe einen Riesenschreck gekriegt, als ich das auf der Tageskarte gelesen habe.«

»Oh ja«, stimmte Kim ihr zu. »Gott sei Dank gab es auch diese unglaublich leckere Currywurst mit knusprigen Pommes.«

Marie grinste. »Da haben sich ja die zwei Richtigen gefunden.« Sie sah auf das Display des GPS-Geräts. Kim hatte nach dem Mittagessen die Daten der ersten Cache-Station daraufgeladen. »Wir sind ganz in der Nähe. Im Umkreis von fünf Metern muss das erste Rätsel versteckt sein. Der Pfeil zeigt hierhin!« Marie wies auf eine große Blautanne, die einzeln auf einer Lichtung stand. Franzi hatte die Lichtung als Erste erreicht und starrte nach oben. »Bestimmt ist es da oben versteckt!«

»Das glaube ich nicht«, entgegnete Kim. Sie zog ein zerknittertes Papier aus der Tasche. »Ich habe vorhin die Beschreibung ausgedruckt. Und hier steht, dass es sich um einen einfachen Cache handelt, bei dem keine besondere Ausrüstung benötigt wird – außer ›Köpfchen und Lust, die Natur etwas genauer unter die Lupe zu nehmen‹. Aber auf diesen Baum kommt man ohne Leiter nicht hinauf.«

Lina kletterte auf einen Baumstumpf neben der Tanne. »Wenn man hier steht, erreicht man vielleicht einen der unteren Äste und kann sich hochangeln.« Ächzend versuchte sie einen herabhängenden Ast zu erreichen.

»Das funktioniert nie«, sagte Marie.

Missmutig stampfte Lina mit dem Fuß auf. Ein hohles Klappern erklang. Lina zuckte zusammen. »Was war das?«

»Das kam von dem Baumstumpf, auf dem du stehst«, sagte Marie. Lina sprang herunter. Gemeinsam untersuchten sie das mit Moos bewachsene Holz.

»Hier, fünf Zentimeter unterhalb der Oberfläche befindet sich ein Spalt!«, murmelte Kim.

»Und da ist eine Schraube.« Als Lina seitlich gegen den oberen Teil des Baumstumpfs drückte, schwang dieser zur Seite. Zum Vorschein kam ein Hohlraum. Eine Plastikkapsel lag darin. Franzi pfiff durch die Zähne. »Nicht schlecht!« Sie drehte den wasserdichten Behälter in den Händen. »Der Baumstumpf wurde präpariert.«

»Ich hab's gefunden!«, rief Lina sofort. »Ich darf es öffnen, bitte, bitte, bitte!« Ohne Franzis Reaktion abzuwarten, riss sie ihr die Kapsel aus der Hand. Sie öffnete sie und entnahm ihr einen gerollten Zettel mit einer Computerschrift darauf. Sie las vor: »›Ihr habt die erste Station gefunden! Begebt euch gleich zur nächsten und staunt, was euch erwartet!‹ Hier stehen die Koordinaten, Marie. Lass sie uns gleich eingeben.«

»Das geht aber schnell«, sagte Marie enttäuscht. Sie nahm das Papier von Lina entgegen. »Ich hatte ein Rätsel erwartet!« Sie tippte die Koordinaten in das GPS-Gerät ein. »Aber vielleicht kommt das bei der nächsten Station.«

»Bestimmt wollte es Ina den Kindern nicht zu schwer machen«, meinte Lina fröhlich.

»Dann mal los«, rief Marie nach einem Blick auf die digitale Kompassnadel. »Immer mir nach!«

Nach einer halben Stunde Marsch durch den dichten Wald kamen Kim Zweifel. Hatte Marie die Koordinaten auch wirklich richtig eingegeben? Der Weg wurde immer schmaler und undurchdringlicher. An manchen Stellen schafften sie es kaum durch das Dickicht.

»Halt, wir sind da!« Marie hielt das GPS-Gerät in die Höhe. »Eindeutig: Die digitale Anzeige blinkt. Wir sind der nächsten Station ganz nah.«

»Autsch!« Carla rieb sich die Beine. »Hier ist alles voller Brennnesseln!«

»So leicht macht es uns Ina also doch nicht«, rief Marie und schritt tapfer voran. Plötzlich standen sie vor einem Felsvorsprung, auf dem die Reste eines alten Gemäuers zu sehen waren.

»Das scheint eine alte Burg zu sein.« Kim betrachtete die Steinhaufen, die sich an den Sandsteinfels schmiegten. »Interessant.« Sie liefen ein Stück weiter und standen plötzlich vor einem verrosteten Schild.

»›GEFAHR – Zutritt verboten!‹« Kim runzelte die Stirn. »Leute, das ist komisch. Das Museum macht doch keine Geocache-Touren durch verbotenes Gelände!«

Lina lief an Kim vorbei. »Ach was, ich finde, dass das eine super Tour ist. Ina und Henry würden uns nie in die Irre führen. Los, kommt endlich, ich will den Schatz finden!«

»Warte auf mich, ich komme mit.« Carla hechtete Lina hinterher. Marie und Franzi stapften ebenfalls voran.

Kim folgte langsam. Als sie an dem Schild vorbeiging, nahm sie etwas Irritierendes aus dem Augenwinkel wahr. Sie hielt inne, ging zurück und sah genauer hin: Ein kleiner roter Briefumschlag klebte am Rand. Kims Herz schlug schneller. Hatte sie das nächste Rätsel entdeckt? Hastig riss sie den Umschlag auf und entnahm ihm einen Briefbogen. »Wartet!«, rief Kim. »Hier ist das Rätsel!«

Aber die anderen hörten sie nicht mehr.

Kim entfaltete den Zettel. Die Botschaft war aus ausgeschnittenen und aufgeklebten Buchstaben verschiedener Zeitschriften zusammengefügt worden: »Kein Geocaching mehr. Hört auf, die Natur zu stören. Oder meine Rache wird fürchterlich sein! Der Anti-Cacher«

Kim wurde blass. »Kommt zurück, hier stimmt was nicht!«, schrie sie. Aber wieder reagierten die anderen nicht. Mit zitternden Fingern suchte Kim in ihrem Rucksack nach einer der kleinen Plastiktüten, die zu ihrer Detektivausrüstung gehörten. Schnell ließ sie den Drohbrief in die Tüte gleiten und verstaute sie wieder. Kim nickte zufrieden. Wenn Fingerabdrücke auf dem Papier vorhanden waren, konnten sie diese später sichern.

»HILFE!!!« Ein gellender Schrei durchschnitt die Stille. Steine prasselten, ein Schlag folgte. Kim erstarrte. Wieder ertönte ein Schrei. Augenblicklich rannte Kim los.

Atemlos kam sie bei Marie, Franzi und Carla an. »Was ist passiert?«

Alle drei starrten entsetzt auf den Boden, in dem sich zwischen Mauerresten und altem Laub ein Schacht aufgetan hatte. Eine Stimme drang aus der Tiefe zu ihnen. »Hilfe, holt mich hier raus!« Nach einer kurzen Pause drang erneut ein herzergreifendes Schluchzen nach oben. »Ich habe Angst! Das ist das Verlies von Ritter Conrad, und sein Geist taucht hier gleich auf.«

Kim war weiß wie ein Laken. »Oh mein Gott. Das ist ja Lina. Sie ist da unten!«

Lina in Gefahr

»Lina!« Maries Stimme überschlug sich. Sie robbte auf dem Bauch an den Rand des Schachts. »Bleib ganz ruhig. Wir sind bei dir. Bist du verletzt?«

»Marie, bist du das?« Lina schluchzte auf. »Ich glaube, ich bin okay. Ich bin gelaufen und plötzlich hat das Laub unter meinen Füßen nachgegeben.«

»Halte durch. Wir holen dich da raus!«

»Macht schnell!«, schallte es dumpf herauf. »Der Ritter kommt und …« Lina fing wieder an zu schluchzen.

»Das ist eine dumme Grusellegende«, versuchte Marie sie zu beruhigen. »Jetzt dreh bloß nicht durch. Bleib ganz ruhig!«

Marie sah Kim und Franzi aufgeregt an. »Es ist ziemlich düster in dem Schacht und geht mindestens vier Meter runter. Wie kriegen wir Lina da wieder raus? Sie ist total panisch.«

Carla unterdrückte ein Schluchzen. Kim sah sich hektisch um. »Wir könnten diesen alten Holzbalken runterlassen, so, dass Lina daran heraufklettern kann.«

Franzi winkte ab. »Der ist viel zu kurz.« Sie löste einen Gegenstand von ihrem Gürtel. »Aber ich habe eine andere Idee.« Franzi hielt einen großen Karabinerhaken hoch, an dem ein dünnes gerolltes Seil und weiteres Material befestigt war. »Ich hatte vorhin vergessen, die Sachen Henry zurückzugeben.« Sie beugte sich zum Schacht. »Lina! Hörst du mich?«

»Ja!«

»Wir holen dich da raus. Aber du musst mithelfen. Wir haben Klettermaterial da. Kennst du den Aufstieg am Einfachseil mit Steigschlaufen und Prusikschlinge?«

»Prusikschlingen macht kein Mensch mehr«, schluchzte Lina. »Wir haben Karabinerklemmknoten gelernt!«

»Kein Problem. Karabiner haben wir auch«, rief Franzi nach unten.

Marie schüttelte den Kopf »Selbst in dieser Situation stellt sie Ansprüche.«

»Helft mir mal!« Franzi zerrte an dem dicken Holzbalken, der neben dem Schacht lag. Gemeinsam schafften sie es, ihn quer über die Öffnung zu legen. Franzi befestigte ein Ende ihrer Reepschnur daran. An das andere Ende knotete sie die restlichen Ausrüstungsgegenstände. »Vorsicht, Lina, Seil kommt!«

»Angekommen!«, schallte es hoch.

Nach kurzer Zeit war leises Klicken und lautes

Schnaufen zu hören. Das Seil spannte sich. Gebannt starrten die Mädchen in den Schacht. »Es funktioniert!«, rief Carla begeistert.

Nach weiteren bangen Minuten erschien Linas hochroter Kopf in der Bodenöffnung. Sie pustete sich eine verschwitzte Haarsträhne aus der Stirn. Mit letzter Kraft und der Hilfe von Marie und Carla zog sich Lina am Rand des Schachts hoch. Zitternd ließ sie sich auf den Boden fallen.

Marie fiel ihr um den Hals. »Bin ich froh!«

»Und ich erst«, japste Lina. Sie atmete tief durch. »Ich hätte besser aufpassen müssen. Danke für die Rettung!«

»Die hast du dir in erster Linie selbst zu verdanken«, antwortete Franzi. Anerkennend wies sie auf das Seil mit den daran geknüpften Steigschlingen, die noch an Linas Füßen hingen. »Der Aufstieg damit ist zwar leichter, als wenn man sich einfach so am Seil hochziehen würde«, erklärte sie den anderen. »Aber es ist alles andere als ein Kinderspiel. Diese Spezialknoten ziehen sich bei Belastung zu und geben dem Fuß in der Schlinge Halt, während sie sich bei Entlastung nach oben verschieben lassen. Man arbeitet sich so Schritt für Schritt hoch. Ein echter Kraftakt, der auch noch viel Gleichgewichtssinn erfordert!«

Marie war beeindruckt. Sie klopfte Lina auf die Schulter. »Gut gemacht!«

Kim lächelte ebenfalls erleichtert. Dann wurde sie ernst. »Ich fürchte, Linas Unfall war kein Zufall.«

Marie sah sie erschrocken an. »Wie meinst du das?«

Kim zog die Plastikhülle mit der anonymen Botschaft aus ihrem Rucksack. »Hier. Das habe ich vorhin an dem ›Betreten Verboten‹-Schild gefunden.«

»Das ist unmissverständlich«, murmelte Franzi, nachdem sie den Text gelesen hatte. »Jemand will die Geocache-Touren verhindern.«

»Aber warum bloß? Wir tun doch keinem was!« Carla sah Franzi mit großen Augen an. »Dieser Ort ist mir unheimlich«, flüsterte sie. »Lasst uns ganz schnell gehen.«

»Ich habe auch ein ungutes Gefühl«, sagte Kim. »Kommt, wir verschwinden.«

Schweigend machten sich die fünf Mädchen auf den Weg. Franzi hatte das GPS-Gerät übernommen und führte die Gruppe an. Sie schlug die kürzeste Route zurück zum Museum ein, die das Gerät empfohlen hatte. Der Weg wurde immer schmaler und führte durch einen dichten Nadelwald. Kim ließ sich ein Stück zurückfallen. Die anderen mussten nicht mitbekommen, dass sie schon den dritten Schokoriegel verdrückte. Aber die Nervennahrung brauchte sie jetzt wirklich. Kim zog das letzte Stück Schokolade aus der Verpackung und steckte es sich genüsslich in den Mund. Eine Windböe blies ihr das Papier aus der Hand. Sie wollte es gerade aus dem Unterholz klauben, da bemerkte sie eine Bewegung hinter einem Baum. Sie stutzte, sah genauer hin. Dann konnte sie nur noch schreien: Eine weiße kopflose Gestalt war hinter dem Stamm hervorgetreten! Mit hoch erhobenen Armen schritt sie langsam auf Kim zu. Leise Klagelaute drangen an Kims Ohr.

Sie rannte panisch los. Die anderen warteten an der nächsten Wegbiegung. Beim Anblick der verschreckten Kim erstarrten sie. »Was ist los?«, rief Franzi.

»Weg, bloß weg hier!«, keuchte Kim. »Er verfolgt uns. Ein Geist. Ein kopfloser Geist.«

»Ich habe es euch gesagt!«, schrie Lina. »Der kopflose Ritter ist hinter uns her.«

Wie eine Herde durchgehender Wildpferde spurteten sie durch den Wald. Kim warf einen Blick über die Schulter. Die weiße Gestalt war nicht mehr zu sehen. Sie war wie vom Erdboden verschluckt. Egal. Kim rannte um ihr Leben.

Wie durch ein Wunder fanden sie trotz ihrer Panikreaktion den Weg zum Naturhistorischen Museum zurück. Als die Auffahrt zum Gebäude zu sehen war, atmeten alle fünf Mädchen auf.

»Vielleicht sind mir einfach die Nerven durchgegangen«, gab Kim zu. »Aber ich könnte schwören, dass ich von einem kopflosen Gespenst verfolgt worden bin.«

Franzi sah sie ernst an. »Wir haben alle miteinander die Nerven verloren. Ist ja auch kein Wunder. Der Schreck über Linas Unfall steckte uns noch in den Knochen.« Franzi kickte einen Kieselstein zur Seite. »Etwas ist hier faul.«

»Oberfaul«, sagte Marie nachdenklich. »Wir müssen unbedingt mit Ina sprechen.«

Schweigend trotteten sie nebeneinanderher. Plötzlich hob Franzi den Kopf und schnupperte. »Sagt mal, riecht ihr das auch? Da ist irgendwo ein Feuer!«

Kim sah ihre Freundin alarmiert an. Sie war weiß wie ein Laken und hatte Schweißperlen auf der Oberlippe. Es war kein Wunder, dass Franzi so reagierte. Sie hatten es während ihrer gemeinsamen Detektivkarriere bereits zwei Mal mit Fällen von Brandstiftung zu tun gehabt, und Franzi war dabei in eine lebensgefährliche Situation geraten. Erst in letzter Sekunde hatte sie sich damals retten können.

Jetzt begann Franzi am ganzen Leib zu zittern. »Bitte, nicht schon wieder!«, flehte sie leise.

Kim nahm ihre Hand und drückte sie fest. »Kein Panik! Atme tief durch. Es wird nichts Schlimmes sein.«

»Das ist doch nur das Lagerfeuer, von dem Henry heute Mittag gesprochen hat«, rief Lina.

Sie beschleunigte ihren Schritt. »Wir wollen doch grillen. So richtig mit Bratwürstchen, Stockbrot und Kartoffeln. Habt ihr das etwa vergessen?«

»Tatsächlich.« Franzi atmete erleichtert aus. Bereits von Weitem war zu erkennen, dass auf dem Grillplatz neben den Übernachtungshütten ein Lagerfeuer brannte.

Lina rannte los. »Da ist Mama!«

Tessa und Ina saßen auf einer Holzbank und unterhielten sich angeregt. Henry kümmerte sich unterdessen um das Feuer, über dem ein Grillrost hing.

»Da seid ihr ja endlich!«, rief Tessa. Sie stellte ihr Glas ab und klatschte in die Hände. »Spät seid ihr dran. Habt ihr den Schatz gefunden?« Dann stockte sie. Sie sah auf Linas zerfetzte Jeans, die schmutzigen Arme, die Schramme im Gesicht. »Gute Güte, was ist passiert?«

Lina warf sich in die Arme ihrer Mutter. »Ich bin in einen Schacht gefallen. Mindestens fünf Meter tief. Aber die anderen haben mich rausgeholt!«

»Oh mein Gott!«

Ina war blass geworden. »Schacht? Ich verstehe das nicht. Welche Route seid ihr gelaufen?«

»Die Naturdetektivroute! Bei der Ritterburgruine wollte ich …«

»Welche Burg?«, unterbrach Henry, der die Würstchen auf dem Grillrost platziert hatte. Er wischte sich die rußigen Hände ab. »Diese Schatzsuche führt zu keiner Burg. Es geht zuerst zum hohlen Baumstumpf, dann zum Fischteich und schließlich am Wildschweingehege entlang zum Museum zurück.«

»Den Baumstumpf haben wir gefunden«, sagte Kim. »Aber dort war eine Kapsel mit den Koordinaten der zweiten Station versteckt. Und die führten uns zu der verfallenen Burg.«

Auf Henrys Stirn bildete sich eine steile Falte. »Halt, halt. In der Kapsel ist ein Rätsel, das erst gelöst werden muss. Ein kleines Sudoku und eine Rechenaufgabe. Erst die ermittelten Zahlen ergeben die Koordinaten.«

Marie schaltete sich ein. »Nein. Es gab kein Rätsel. Ich habe mich schon gewundert, warum es so einfach ist. Da war nur ein Zettel. Auf dem standen die Koordinaten und etwas von ›Lasst euch überraschen‹.«

»Richtig«, bestätigte Franzi.

»Das ist nicht von uns.« Henry kratzte sich nachdenklich an der Nase. »Kann es sein, dass jemand die Botschaft ausgetauscht hat?«

Ina hatte bislang nur schweigend zugehört. Jetzt schüttelte sie den Kopf. »Aber das macht doch keinen Sinn!«

»Es sei denn, jemand will die Geocache-

Touren des Museums sabotieren«, warf Kim ein. »Hier.« Sie zog den anonymen Drohbrief hervor und reichte ihn Ina. »Das haben wir an der falschen zweiten Station gefunden.«

Ina las. Sie ließ das Papier sinken und sah entsetzt in die Runde. »Aber wer macht so etwas? Und vor allem: warum?«

»Und das war noch nicht alles«, sagte Kim. »Diese Geistergestalt, von der die Kindergruppe erzählt hat …« Kim räusperte sich. »Ich habe sie auch gesehen. Sie hat mich verfolgt.«

»Nein.« Ina fuhr sich mit beiden Händen über das Gesicht. »Kim, bitte sag, dass das alles nicht wahr ist.«

»Doch. Das ist es.«

Ina schüttelte den Kopf. »Ich habe euch in Gefahr gebracht.« Sie sah Tessa an. »Lina hätte sich schwer verletzen können.«

Lina legte ihr den Arm um die Schultern. »Aber mir ist ja nichts passiert!«

Ina seufzte. »Wie wird das erst, wenn der *NaturErlebnisWald* offiziell eröffnet ist? Wenn das so weitergeht, geschieht womöglich etwas Schreckliches.« Ina straffte den Oberkörper. »Es hilft nichts. Eröffnungsfeierlichkeit, Pressekonferenz und Publicity hin oder her. Ich muss die Polizei einschalten. Auch wenn das Museum dann vor der Wiedereröffnung schlechte Schlagzeilen bekommt.« Sie schluckte.

Die drei !!! sahen sich kurz an. Schließlich räusperte sich Kim. »Ina, ich glaube, du benötigst die Polizei nicht.«

»Wie meinst du das?«

»Marie, Franzi und ich werden ermitteln.«

»Aber …« Ina sah sie verständnislos an.

Kim fuhr fort: »Wir haben mit unserem Detektivunternehmen Die *drei !!!* bereits sehr viele Kriminalfälle gelöst. Wir werden auch dir helfen können!« Sie zückte eine ihrer Visitenkarten und überreichte sie Ina. »Wir werden den Anti-Cacher suchen und ausfindig machen!«

Ina las sichtlich beeindruckt, was auf der Karte stand. Trotzdem zögerte sie. »Ist das nicht viel zu gefährlich für euch? Wie man an Linas Unfall sehen konnte, scheint der Täter vor nichts zurückzuschrecken.«

Ina sah Tessa an. »Was meinst du dazu?«

Detektivtagebuch von Kim Jülich
Sonntag, 22:30 Uhr

Unsere Tour in den NaturAbenteuerWald *hat sich innerhalb von wenigen Stunden zu einem neuen Fall entwickelt – der uns beinahe durch die Lappen gegangen wäre. Tessa wollte uns zunächst nicht ermitteln lassen. Sie fand, die Sache sei zu gefährlich, und sie wollte sie lieber der Polizei übergeben. Es ist unglaublich, wie wenig Vertrauen Erwachsene haben können. Wir mussten zu dritt eine Stunde auf Tessa und Ina einreden, damit sie endlich nachgegeben haben. Letztendlich ist Ina froh, dass sie nicht die Polizei einschalten muss und es womöglich öffentlich bekannt wird, dass jemand die Geocache-Touren sabotiert. Das Museum und der angrenzende Erlebniswald werden nächste Woche eröffnet. Es würde sich gar nicht gut machen, wenn in der Zeitung etwas Negatives über das Projekt steht. Somit werden die drei !!! also doch ermitteln! Wir mussten Tessa versprechen, dass*

1. *Lina und Carla keinesfalls mitmachen (Was für eine Idee?! Wir sind doch nicht wahnsinnig!!!),*
2. *wir vorsichtig sind (Wann sind wir das nicht? Und wenn wir es mal nicht sein können, hat das seinen guten Grund – hier sind wir wieder bei der Frage nach Vertrauen.),*
3. *wir immer unsere Handys dabeihaben und erreichbar sein sollen. (Was glaubt Tessa eigent-*

lich, wie wir sonst durchs Leben gehen? Erwachsene sind manchmal sehr komisch. PS: Manchmal wäre es allerdings auch besser, das Handy zu Hause zu lassen. Dazu mehr in meinem Geheimen Tagebuch …)

Morgen beginnt also unsere Jagd nach dem fiesen »Anti-Cacher«. Die Situation ist folgende:

Abgesehen von einer manipulierten Cache-Fährte, die zu einem gefährlichen Gelände mit einer Falle (für Lina) führte, haben wir einen anonymen Drohbrief vorgefunden und wurden von einem scheinbaren Geist im Wald verfolgt. Das alles muss irgendwie zusammenhängen. Nachdem Franzi, Marie und ich vorhin in Ruhe alle Fakten zusammengetragen haben, ist auch klar, dass wir bereits einen Verdächtigen haben: Noris Kinner!

1. *Der Mann hat sich seltsam verhalten. Hat er wirklich dieses kleine Amselnest im Gebüsch in 30 Metern Entfernung beobachtet, wie er uns weismachen wollte? Oder hat er vielmehr nachsehen wollen, ob wir »die Natur stören«?!*
2. *Genau diese Formulierung hat unseren Verdacht erhärtet: Sie steht in dem Drohbrief des Anti-Cachers. Und Noris Kinner hat etwas ganz Ähnliches zu uns gesagt: »Die Menschen stören die Natur.«*
3. *Als Franzi von ihren Tieren erzählt hat, war Kinner total begeistert und nett. Als er aber erfahren*

hat, dass wir eine Geocache-Tour machen, wurde er irgendwie zurückhaltender.

4. *Warum hat er diese Legende vom kopflosen Ritter erzählt? Wollte er uns einschüchtern? Glaubte er, dass wir dann nicht mehr auf Schatzsuche gehen würden?*
5. *Er hat betont, dass der Geist von Conrad von Lengfelde immer noch sein Unwesen treiben soll. Und prompt verfolgt mich ein weißer Geist. War das Noris Kinner, verkleidet mit einem weißen Tuch? Wollte er uns mit seinem Auftritt endgültig vertreiben, damit wir »die Natur nicht stören«?*

Es gibt viele Fragen – und viel zu tun. Wir werden morgen:

1. *den Drohbrief auf Fingerabdrücke untersuchen und*
2. *Spurensicherung am Tatort betreiben.*

Geheimes Tagebuch von Kim Jülich
Sonntag 23:30 Uhr

Achtung: Lesen für alle, die nicht Kim Jülich heißen, verboten.

Das kann ich wirklich niemandem erzählen. Noch nicht einmal Franzi und Marie. Vorhin habe ich eine SMS entdeckt, die mir Michi im Lauf des Vormittags geschickt hat:

??? ☺

Zuerst war ich völlig verwirrt. Was wollte er mir sagen? Las er jetzt wieder ein Die drei ???*-Buch? Gab es ein neues Hörspiel, auf das er mich aufmerksam machen wollte? Dann kam mir ein böser Verdacht. Ich habe im Speicher unter den gesendeten Nachrichten nachgesehen. Meine schlimmsten Vermutungen wurden übertroffen: Ich wollte Michi heute Vormittag eine Antwort auf seine Einladung zu den Proben schreiben. Ich hatte getippt, ein bisschen überlegt, dann angefangen zu löschen, und dann kam dieser blöde Zwischenfall mit Noris Kinner. Da habe ich das Handy schnell in meine Hosentasche gestopft. Im Lauf des Tages müssen einige Tasten aktiviert worden sein und mein Handy hat eine Nachricht an Michi verschickt. Sie lautet:*

lieb mich!

Das kann doch nicht wahr sein. Wie kann denn aus »lieber michi!« so etwas werden?! »lieb mich!« Mit Ausrufezeichen!

Kein Wunder, dass Michi mit drei Fragezeichen antwortet.

Wie soll ich bloß reagieren? Ich sterbe.

Unheimliche Spuren

»Ich schlage vor, dass wir gleich nach dem Frühstück auf Spurensuche bei den Geocache-Stationen gehen.« Kim rieb sich die Augen und gähnte herzhaft. Sie fühlte sich total gerädert. Nachdem sie in der vergangenen Nacht ihre Tagebucheinträge vollendet hatte, war sie erst sehr spät eingeschlafen, weil ihr tausend Dinge durch den Kopf gegangen waren. »Es sieht nach Regen aus. Wir müssen schnellstens die Tatorte untersuchen, bevor der Boden aufweicht und mögliche Spuren vernichtet werden.«

Marie schaltete den Fön ab. »Wie bitte?« Sie löste die Rundbürste aus ihrem Haar. »Ich habe nichts gehört, mein Reisefön ist dermaßen laut.«

»Kim sagt, dass du dir das Styling sparen kannst. Henry frühstückt heute nicht mit uns.«

Franzi konnte der mit hohem Tempo heranfliegenden Bürste im letzten Moment ausweichen. Marie stemmte die Arme in die Hüften. »Meine Liebe! Ich style mich nicht für andere. Ich mache mich grundsätzlich für mich selbst schön!« Sie schnappte sich die Bürste aus Franzis Schoß und begann, ihre langen blonden

Haare vorsichtig auszukämmen. »Also, was steht an, Leute?«

»Das habe ich eben gesagt«, knurrte Kim. »Erst Spurensuche. Danach sichern wir Fingerabdrücke auf dem Drohbrief – wenn es außer meinen welche gibt.«

»Genau.« Kim massierte sich den Nacken. »Können wir jetzt endlich losgehen. Ich verhungere!«

Marie wühlte in ihrem Beautycase. »Gleich. Ich brauche nur noch ein klitzekleines bisschen Lipgloss. Wo steckt es nur?« Kim und Franzi stießen gleichzeitig einen Seufzer aus.

»Ihr seid viel zu spät dran!«, rief ihnen Lina schon von Weitem zu, als sie das Dachterrassenrestaurant betraten. Sie hatte den Schrecken vom Vortag scheinbar gut weggesteckt. Gut gelaunt grinste sie hinter einem riesigen Becher mit Kakao hervor. »Die heiße Schokolade ist superlecker!«

»Das sieht man«, bemerkte Marie. »Der Milchschaumbart auf deiner Oberlippe steht dir ausgezeichnet. Solltest du immer tragen.«

Lina streckte Marie die Zunge raus, wischte sich aber gleich danach verstohlen mit dem Ärmel über den Mund.

Ina erkundigte sich, ob sie gut geschlafen hatten.

»Super. Die Hütten sind aber auch total gemütlich«, stellte Franzi fest. »Ich habe geschlafen wie ein Murmeltier.«

»Das freut mich.« Ina zeigte nach hinten zu einer schmalen Buffet-Zeile. »Dort gibt es Spiegeleier, Würstchen und warmen Toast. Ansonsten habe wir noch frische Brötchen, Butter, Käse, Wurst, Marmelade und Honig. Nehmt euch einfach, was euch schmeckt.«

»Lecker!«, murmelte Kim. »Langsam komme ich in die Gänge.« Sie bedienten sich am Buffet und setzten sich mit voll beladenen Tellern zu Ina und Tessa an den Tisch.

Carla und Lina verabschiedeten sich. »Wir fälschen jetzt mit Henry Fossilien! Wir machen Gipsabdrücke von alten versteinerten Tieren und Pflanzen«, erklärte Lina stolz. »Dann bemalen wir sie wie in echt, und dann kann keiner mehr den Unterschied erkennen.«

»Ach«, machte Marie. »Er nimmt sich so viel Zeit für euch? Das ist echt tapfer von ihm.«

Lina streckte Marie die Zunge raus. »Du bist wohl eifersüchtig, was?«

Marie tat, als hätte sie die Bemerkung überhört. Sie wollte nicht schon wieder Streit. Aber in ihrem Inneren verspürte sie tatsächlich einen kleinen Stich. Gerne hätte sie Henry etwas näher kennengelernt. Und wenn sie dazu hundert alberne Gipsschnecken bemalen müsste.

»Gipsabdrücke!«, nuschelte Kim. Sie kaute an

einem großen Bissen Toast und schluckte. »Gut, dass ihr mich daran erinnert. Wir sollten nachher etwas Gips mitnehmen. Falls es Fußspuren gibt, die wir sichern müssen.«

Marie klimperte mit den Wimpern. »Kein Problem, ich gehe nachher kurz in der Werkstatt vorbei. Henry gibt mir bestimmt etwas von seinem Vorrat ab.«

»Gut, dass dir das noch eingefallen ist, Kim!« Franzi grinste. »Sonst hätte Marie den ganzen Tag überlegen müssen, auf welche Weise sie mit Henry ins Gespräch kommen kann.«

Marie schüttelte den Kopf. »Da mach dir mal keine Sorgen. Mir fällt immer etwas ein!«

Jetzt mussten sogar Ina und Tessa lachen.

»Du hast eben einfach das Flirtpotenzial von deinem Vater geerbt«, sagte Tessa scherzhaft.

»Ich hoffe schwer, er flirtet nur noch mit dir«, sagte Marie ernst. »Sonst kriegt er Ärger mit mir!«

»Danke, meine Süße.« Tessa sah gerührt aus. »Ich glaube, du brauchst dir keine Gedanken zu machen.«

»Dann ist ja gut!« Marie tupfte sich mit der Serviette über die Lippen und lächelte kurz. »Jetzt müssen wir aber los.«

»Richtig, wir haben viel vor.« Kim schob sich noch eine Gabel voll Rührei in den Mund, kaute schnell und schluckte.

Franzi schnappte sich noch einen Apfel aus der Obstschale. »Auf geht's!«

»Seid vorsichtig!«, rief ihnen Tessa hinterher.

Marie machte das Okay-Zeichen. Dann liefen die drei Mädchen los.

Während die drei !!! zum hohlen Baumstumpf liefen, zogen dunkle Wolken auf. Der Himmel war dunkelgrau und der Wind zauste die Baumkronen. Franzi schloss den Reißverschluss ihrer Sportjacke. »Ganz schön ungemütlich.«

Kim lief voraus. Das gute Frühstück hatte ihre Lebensgeister geweckt. Das Problem mit der noch unbeantworteten SMS von Michi hatte sie ganz weit nach hinten geschoben. Jetzt galt es erst einmal, im aktuellen Fall voranzukommen.

Sie erreichten die kleine Lichtung.

»Wir gehen langsam mit einem Meter Abstand nebeneinander, jede sondiert den Boden vor sich. Dann machen wir das Ganze rückwärts, einen Meter versetzt.«

»Aye, aye, Sir Kim«, rief Franzi. »Hast du das aus einem der vielen Krimis, die du verschlingst?«

»So etwas weiß man einfach als Detektiv«, murmelte Kim. Sie sah konzentriert auf den weichen Waldboden.

»Ich hab was!«, rief Marie plötzlich. Sie ging in die Knie und hob etwas auf. »Eine Vogelfeder. Knallrot.«

»Zeig mal.« Kim nahm Marie die Feder aus der Hand. »Die ist ja riesengroß, bestimmt zehn Zentimeter lang. Von welchem Vogel soll die denn sein?«

»Monsterrotkehlchen oder Riesenrotschwänzchen?« Marie sah ratlos drein. »Mir fällt keine Vogelart ein, die in unseren Breitengraden lebt und solche großen roten Federn hat.«

»Mir auch nicht.« Kim zuckte mit den Schultern. »Sieht aus wie eine Papageienfeder. Vielleicht ist einer seinem Besitzer ausgebüchst und lebt jetzt hier im Wald.« Sie verstaute die Feder mit spitzen Fingern in einer Plastiktüte. »Zur Sicherheit. Auch wenn ich nicht glaube, dass die uns helfen wird.«

Sie suchten eine Weile weiter. Währenddessen zogen immer mehr graue Wolken über den Himmel.

»Noch zehn Minuten, dann müssen wir weiter. Wir sollten den zweiten Tatort untersuchen, bevor es regnet.« Kim lief vorsichtig zur gegenüberliegenden Seite der Lichtung. »Was haben wir denn da?«, rief sie erstaunt. Hinter einem großen Baum war ein Fußabdruck in der Moosschicht, die den Boden rund um den Stamm bedeckte, zu sehen. Daneben zwei kleine Kuhlen.

»Sehr seltsam«, murmelte Kim. »Wie kann jemand einen einzigen Fußabdruck hinterlassen?«

Franzi und Marie waren zu Kim gestoßen. Sie betrachteten schweigend die merkwürdige Spur.

»Gruselig«, sagte Franzi leise. »Da hat ein einbeiniger Mensch gestanden.«

Kim runzelte die Stirn. »Und der muss auch noch hierher geflogen sein. Es gibt keine Spuren, die zum Baum führen.«

»Der Rest des Bodens ist mit trockenen Tannennadeln bedeckt«, gab Marie zu bedenken. »Hier halten sich Fußabdrücke nicht lange, vor allem, wenn der Wind drüberweht. Aber im feuchten Moos ist das etwas anderes.«

»Du hast recht.« Kim nickte. Sie ging näher an die Spur im Moos heran. »Und wie ist die Kerbe hier und die Kuhle dort, direkt neben dem Fußabdruck, hingekommen? Was ist das?« Das nachfolgende Schweigen wurde vom Klopfen der ersten Regentropfen auf das Blätterdach begleitet. »Schnell, was auch immer es ist, wir müssen Gipsabdrücke anfertigen, bevor der Regen alles zunichtemacht.«

Marie kniete sich hin, öffnete ihren Rucksack und holte die Ausrüstung hervor. Mit professionellen Handgriffen rührte sie in der mitgebrachten Plastikschale den Gips mit Wasser zu einem Brei. »Henry dachte zuerst, wir wollten auch Fossilien fälschen, als ich ihn vorhin um etwas Material gebeten habe.« Marie grinste. »Ich habe ihm dann erklärt, was wir vorhaben.

Das hat ihn ziemlich beeindruckt.« Sie goss die Gipsmasse zügig über den Fußabdruck und die seltsamen Kerben im Boden. »Er will mal einen Kaffee mit mir trinken. Ich soll ihm von unseren Fällen berichten.«

»Eine Flirtoffensive mit vollem Erfolg«, stellte Franzi grinsend fest.

Kim starrte gedankenverloren auf Marie. Dann schnipste sie mit den Fingern. »Ich hab es! Ja, so könnte es gewesen sein!« Ihre Freundinnen sahen sie neugierig an.

»Das war kein fliegender Einbeiniger. Hier hat eine Person gekniet. Genau so, wie du gerade, Marie. Die kleine runde Kuhle ist der Abdruck von ihrem Knie, mit dem sie sich am Boden abgestützt hat. Die Kerbe in ungefähr 40 Zentimetern Abstand dahinter stammt von der Fußspitze. Und vorne hat sich der andere Fuß abgedrückt.«

»Kim, du bist genial!«, rief Marie. Nach einer kurzen Pause fragte sie leise: »Und warum kniet jemand hinter einem Baum?«

»Weil er etwas oder jemanden beobachten will.« Kim schwieg bedeutungsvoll.

»Es könnte also sein, dass uns gestern jemand observiert hat!« Marie hatte vor Aufregung rote Wangen. »Und ich ahne auch schon, wer.«

Sie sprachen es alle drei gleichzeitig aus: »Noris Kinner!«

»Aber das ist zunächst nur ein Verdacht«,

schränkte Kim ein. »Einen Beweis haben wir erst, wenn die Schuhgröße übereinstimmt. Und den ganz sicheren Beweis können uns nur Fingerabdrücke liefern.«

»Dann nichts wie zurück zur Hütte und zum Drohbrief«, sagte Franzi. »Die zweite Station können wir uns bei dem Wetter sowieso sparen.« Ein feiner, aber dichter Landregen hatte eingesetzt und schmale Wasserrinnsale sickerten die Baumstämme hinab. Schnell bildeten sich überall am Boden große Pfützen.

Marie nahm die fest gewordenen Gipsabdrücke auf. »Die beiden kleinen Abdrücke sind nicht zu gebrauchen. Aber der große ist gut geworden. Zu Hause können wir die Schuhgröße ausmessen.« Sie verstaute alles vorsichtig im Rucksack. »Gehen wir!«

Eine Stunden später saßen die drei !!! an dem kleinen Tisch in ihrer Hütte. Sie hatten die völlig durchnässten Kleider schnell gewechselt und sich die Haare trocken gerubbelt. Der Regen hatte nachgelassen, aber es war immer noch ziemlich düster. Drei Nachttischlampen warfen gleißendes Licht auf die Tischplatte. »Los geht's.« Kim verteilte mit einem feinen Glasfaserpinsel Grafitstaub auf dem Drohbrief. Sie zog das Papier mit einer Pinzette näher zu sich und pustete sanft über die Oberfläche.

»Bingo!« Unzählige grau-schwarze Fingerabdrücke zeichneten sich auf dem Papier ab. Teilweise waren sie völlig verschmiert und dunkel. Aber ein großer Abdruck mit klaren Linien prangte fast genau in der Mitte.

»Der sieht sehr gut aus«, murmelte Kim. »Der Größe nach ist das ein Daumenabdruck.«

Franzi runzelte die Stirn. »Bist du ganz sicher, dass er nicht von dir stammt? Du hast den Brief schließlich auch ohne Handschuhe angefasst.«

»Ich konnte ja nicht ahnen, dass ich gerade ein wichtiges Beweismittel aus dem Umschlag ziehe«, verteidigte sich Kim. »Außerdem habe ich den Zettel nur am Rand angefasst und ganz bestimmt nicht mittendrauf gedrückt.«

»Ich glaube auch nicht, dass der Abdruck von Kim ist«, sagte Marie. »Der ist verdammt groß. Solche Riesengriffel hat Kim nicht. Der passt eher zu Noris Kinner.«

»Das werden wir hoffentlich bald herausfinden.« Kim griff sich die Rolle mit Spezialklebefolie und fixierte den Abdruck. Dann legte sie das Papier in das große Heft, das sie als Detektivtagebuch nutzte, wenn sie unterwegs waren. »Jetzt brauchen wir nur noch einen Vergleichsabdruck von der verdächtigen Person. Das sollte nicht allzu schwer sein. Er arbeitet ja im Museum an den Elektroleitungen, wie er uns selbst erzählt hat. Wir schnappen uns eines der

Werkzeuge, die er in der Hand hatte, und sichern die Abdrücke.«

»Alles klar.« Marie warf einen prüfenden Blick in den Spiegel an der gegenüberliegenden Wand. Sie zupfte eine Haarsträhne zurecht. »Wir können gleich zu Henry gehen und fragen, wann die Elektriker wieder im Haus sind.«

Franzi sah ihre Freundin grinsend an. »Bist du sicher, dass du das nicht lieber allein machen möchtest?«

Marie verdrehte die Augen. »Jetzt mach dich doch nicht immer über mich lustig. Ich finde Henry eben süß. Mehr nicht.« Kim seufzte leise. Das Thema erinnerte sie an das SMS-Problem, das sie noch mit Michi hatte. Schnell verdrängte sie den Gedanken, dass sie die Sache unbedingt klarstellen musste. Das konnte sie heute Abend noch machen.

Sie sprang auf und schlüpfte in ihren Kapuzenpulli. »Wir gehen einfach mal rüber zum Museum. Wahrscheinlich kennt Ina am ehesten die Zeiten der Handwerker. Ich nehme an, dass sie gleich morgen früh wiederkommen.«

Im Museum trafen sie weder auf Ina noch auf Henry. Dafür rannten ihnen Lina und Carla im breiten Eingangsflur entgegen. Begeistert hielten ihnen die Mädchen je einen graubraunen rundlichen Klumpen in Faustgröße entgegen. »Ammoniten!«, posaunte Lina heraus. »Voll gefälscht! Sieht cool aus, was?«

»Äh, toll«, brachte Marie hervor. »Könnt ihr uns sagen, wo wir Henry oder Ina finden?«

»Ina ist mit Tessa in ihrem Büro«, antwortete Carla. Sie strich zärtlich über ihr falsches Fossil. »Und Henry räumt die Werkstatt auf, glaube ich. Alles ist voller Gips.«

»Die Werkstatt habe ich schon längst aufgeräumt.« Henry war gerade um die Ecke gekommen. Gut gelaunt sah er in die Runde. Er hielt einen Stapel bedruckter Papiere in der Hand. »Ich wollte Ina gerade die Unterlagen zu den neuen Geocachings vorbeibringen. Sie hat mich nach den jüngsten Vorfällen darum gebeten, die Touren zu verändern.« Er kratze sich am Kopf. »Hoffentlich hilft das gegen den Anti-Cacher. Ein Studienkollege von mir ist Hobby-

Schatzsucher. Er hat den ganzen Vormittag an den neuen Touren gearbeitet.«

Lina sah neugierig auf das oberste Papier. »Ein neuer Nachtcache?«

»Richtig. Und der ist sogar noch viel besser als der alte.«

Lina hüpfte von einem Bein aufs andere. »Den will ich gleich heute Nacht machen!«

»Dir reicht ein Horrorerlebnis wohl nicht«, stellte Marie kopfschüttelnd fest.

»Ach was.« Lina zuckte mit den Schultern. »Zwei Mal hintereinander passiert so etwas bestimmt nicht.«

Marie sah Lina erstaunt an. »Du hast ja richtig Mut.«

Franzi zog das Haargummi an einem ihrer Zöpfe fester. »Einen Nachtcache stelle ich mir total spannend vor! So im Dunkeln im Wald …«

»Außerdem können wir die Augen offen halten«, ergänzte Kim. »Alles kann uns in unseren Ermittlungen weiterbringen.«

Marie nickte.

»Nein.« Henry schüttelte den Kopf. »Ihr könnt auf keinen Fall alleine gehen. Nicht nach dem, was vorgefallen ist.«

»Dann komm doch mit uns«, sagte Marie mit gewinnendem Lächeln. Sie klimperte mit ihren Wimpern und sah Henry erwartungsvoll an.

»Oh ja! Bitte, bitte!« Lina hängte sich an den Arm des jungen Mannes. »Wir machen alle zusammen heute Abend die Tour. Das wird spitze!«

»Zeit hätte ich.« Henry überlegte einen Moment. »Also gut, warum nicht. Aber …«

»JA!« Der Rest seines Satzes ging in Linas und Carlas Freudengeheul unter. Hilflos lächelte Henry Marie an, während die beiden Mädchen rechts und links an ihm zogen. Marie räusperte sich. »Jetzt beruhigt euch mal. Und lasst Henry ausreden.«

»Ist schon okay.« Henry grinste. »Ich wollte nur sagen, dass wir erst Ina fragen müssen, ob sie einverstanden ist.«

»Wir fragen sie sofort! Kommt alle mit!« Lina und Carla sausten den Gang hinunter.

»Ina wird sich ganz besonders freuen, wenn wir alle so in ihr Büro stürmen«, rief ihr Marie nach. »Am besten schreist du noch mal ganz laut, dann ist sie wenigstens vorgewarnt.«

Grinsend machten sich Henry und die drei !!! ebenfalls auf den Weg zu Inas Büro.

Als sie ankamen, hatten Lina und Carla Ina schon in Beschlag genommen und sprachen aufgeregt auf sie ein. Tessa saß ebenfalls da und hörte aufmerksam zu.

»Hallo, da kommt ja der Rest der Truppe«, sagte Ina lächelnd. Sie stand auf und sammelte einige T-Shirts ein, die auf Stühlen und dem Boden lagen. »Setzt euch doch. Wir waren sowieso gerade fertig.«

»Das sind ja Shirts aus Tessas *Think-Nature*-Kollektion«, stellte Marie fest. Tessa hatte in der Freizeit begonnen, selbst entworfene T-Shirts mit trendigen Motiven über das Internet zu vertreiben. Das Geschäft lief ausgesprochen erfolgreich.

Tessa nickte. »Richtig. Ina und ich planen eine Zusammenarbeit. Dann könnten meine T-Shirts auch im Museumsshop verkauft werden.«

»Ich denke, das Label passt perfekt zu unserem Konzept des Biosphärenreservats«, sagte Ina. »Wir werden das machen!« Sie stapelte die Shirts auf dem Schreibtisch. »Aber nun zu euch und euren Plänen für den Abend. Lina hat uns schon alles erzählt. Um es kurz zu machen: Tessa und ich sind mit der Tour einverstanden – aber wir werden in jedem Fall mitkommen. Ich habe kein gutes Gefühl dabei, euch nachts, mit nur einer erwachsenen Aufsichtsperson, im Wald herumlaufen zu lassen, solange das mit dem Anti-Cacher nicht geklärt ist.«

»Je mehr Personen wir sind, desto lustiger ist es«, fügte Tessa hinzu. »Außerdem«, sie lächelte verschmitzt, »habe ich auch ein bisschen Lust auf ein Outdoor-Abenteuer.«

»Das geht mir genauso«, stimmte Ina zu.

»Und ich sollte schließlich die Touren, die wir anbieten, auch aus eigener Erfahrung kennen.«

Die drei !!! zögerten kurz. Sie wechselten einen Blick. Dann nickte Kim. Wenn Ina, Tessa und Henry mitkamen, waren sie insgesamt zu acht. Das war eine verdammt große Gruppe. Unauffällige Beobachtungen konnten sie so kaum anstellen. Andererseits: Lina und Carla würden unausweichlich mit von der Partie sein. Vielleicht hatten sie in den zwei Frauen und Henry genügend Gesprächspartner, um die drei !!! in Ruhe zu lassen.

Marie und Franzi zwinkerten Kim zu. Sie schienen genau das Gleiche zu denken.

»Alles klar. Dann ziehen wir heute Abend um acht Uhr los, wenn die Dämmerung einsetzt«, sagte Kim.

Lina und Carla brachen in ein wildes Indianergeheul aus. »Juhu, wir machen eine Nachtwanderung!«, riefen die beiden Mädchen aus vollen Kehlen und begannen, einen Freudentanz aufzuführen.

»Was, um Gottes willen, ist denn hier los?«

Alle drehten sich erschrocken zur Tür.

Hartmut-Hagen, Inas Schwager, stand im Rahmen. Er tupfte sich mit einem weißen Taschentuch Schweißperlen von der Oberlippe. »Nichts für ungut, aber dieser Lärm ist wirklich unerträglich. Ich muss mich konzentrieren. Der

Sachverständige von der Versicherung war eben da und hat die Exponate begutachtet. Jetzt muss ich sie in die Vitrinen schaffen und die Schilder anbringen. Bis zur Pressekonferenz übermorgen muss doch alles fertig sein. Und hier toben diese Kinder herum! So kann ich mich nicht konzentrieren!«

Lina und Carla hielten sofort inne und machten schuldbewusste Gesichter.

Ina lächelte ihren Schwager an. »Heute Abend wird es ruhiger sein. Wir sind alle im Wald unterwegs und machen den neuen Nachtcache. Du kannst also ganz ungestört arbeiten.«

Der hagere Mann fuhr sich durch das schüttere Haar. Er schien einen Moment zu überlegen. Dann rief er: »Das ist gut! Die Ruhe brauche ich einfach. Ich bin wirklich schrecklich nervös.« Ohne sich zu verabschieden wandte er sich um und eilte mit fliegendem Arbeitskittel fort.

»Die Neueröffnung scheint Hartmut-Hagen sehr zuzusetzen.« Ina schüttelte den Kopf. »Aber nun zu uns: Ich habe einen Riesenhunger. Ihr auch?« Sie zog die oberste Schublade ihres Schreibtischs auf und holte den bunt bedruckten Flyer eines Lieferservices hervor. »Wir müssen vor unserer Tour unbedingt etwas Ordentliches essen. Was haltet ihr von Pizza?«

Ihre Frage wurde mit begeistertem, einhelligem Kopfnicken beantwortet.

Kurz vor Einbruch der Dämmerung traf sich die Gruppe vor dem Museum. Kim zog das GPS-Gerät und einen Ausdruck aus ihrem Rucksack. Irritiert sah sie auf das Blatt und hielt inne. »Da fehlen zwei Ziffern bei der Nord-Koordinate. So kann ich die Daten nicht eingeben.«

Henry grinste. »Einfach kann jeder. Lies mal weiter.«

Kim wollte gerade anfangen vorzulesen, da erschien Hartmut-Hagen in der Auffahrt. In seiner Hand schwang eine kleine lederne Schultertasche. »Gut, dass ihr noch da seid.«

Ina sah ihren Schwager überrascht an. »Was gibt es denn?«

»Du hast das Erste-Hilfe-Set vergessen.«

Ina lächelte. »Das brauchen wir doch nicht. Ich habe ein paar Pflaster dabei, das reicht vollkommen. Wir gehen ja nicht auf eine Safaritour.«

Hartmut-Hagen schüttelte den Kopf. »Nein. Ina, ich wäre wirklich beruhigter, wenn du die Tasche mitnimmst. Man weiß nie, was alles passieren kann!« Er drückte ihr den Riemen in die Hand. »Bitte. Für alle Fälle.«

Ina schien nicht begeistert zu sein. Aber nach einem Blick auf das besorgte Gesicht ihres Schwagers ließ sie sich umstimmen. »Na gut.« Sie hängte sich die Tasche um. »Wenn es dich beruhigt, dann nehme ich das Ding halt mit.«

Unbeholfen winkte Hartmut-Hagen in die Runde. »Viel Spaß, und …«, er zögerte kurz, »ich habe das vorhin nicht so gemeint. Es ist nur – ich brauch jetzt wirklich Ruhe für die anstehende Arbeit.«

»Ist doch alles okay!«, rief Ina ihm nach, während sie den Riemen über ihrer Schulter neu justierte. Die Tasche schien nicht gerade leicht zu sein. Kim beneidete Ina nicht darum, sie den ganzen Abend durch die Gegend schleppen zu müssen. Dieser Hartmut-Hagen war aber auch ein komplizierter Mensch! Kim wandte sich wieder dem Ausdruck zu. »Hier steht ein Gedicht:

›Oh welche Qual – es fehlt eine Zahl.
Die Lösung liegt im Versteck – gleich ums Eck.
Sieh dich vor, es ist kein breites Tor.
Vielmehr eng und schmal – fast ein Kanal.
Die Einfahrt ohne Hilfe ist fatal.‹«

»An der Formulierung des Rätsels müssen wir noch arbeiten«, stellte Henry grinsend fest. »Mein Kollege studiert Mathe und ist kein großer Dichter.«

Franzi schüttelte den Kopf. »Das macht doch nichts. Dafür ist es sehr deutlich.« Unter den erstaunten Blicken der anderen lief sie zu einer Betonröhre, die unweit der Einfahrt am Straßenrand lag. Sie war mindestens vier Meter lang und hatte einen Durchmesser von weniger als einem halben Meter. Franzi sah in die Öffnung.

»›Eng und schmal, fast ein Kanal.‹ Das muss es doch sein!«

Die anderen nickten verblüfft.

»Wie soll man denn da hineinkommen?«, bemerkte Marie skeptisch. »Das schafft selbst ein kleines Kind auf Knien nicht so ohne Weiteres!«

Franzi tastete den vorderen Bereich der Röhre ab. »Hier ist nichts. Ich sehe mal auf der anderen Seite nach.« Aber als sie zum anderen Ende gelaufen war, musste sie abwinken. »Das Ende ist geschlossen. Mist.« Franzi wollte schon wieder zurückgehen, als etwas ihre Aufmerksamkeit erregte: Unter einem großen Farn leuchtete es gelb hervor. Sie ging näher heran. »Ein Skateboard!« Franzi grinste über das ganze Gesicht. »Das liegt doch nicht zufällig hier! ›Die Einfahrt ohne Hilfe ist fatal‹ – hier haben wir die Hilfe.« Sie schnappte sich das Board, lief zum offenen Ende der Röhre und brachte es in Stellung. »Halt!«, rief Lina. Sie eilte zu Franzi. »Da drin ist es stockdunkel, nimm meine Stirnlampe.«

Franzi hielt einen Daumen hoch, streifte sich den Gurt mit der LED-Lampe über den Kopf und rollte auf dem Bauch liegend in die Röhre ein. Nach einigen Sekunden waren ihre Füße wieder am Eingang zu sehen. Franzi rappelte sich hoch. In ihrer Hand hielt sie ein Plastikdöschen. »Geschafft!«

Henry nickte anerkennend. »Das ging schnell!«

Franzi entnahm dem Behälter einen Zettel und rollte ihn auf. »Wie gemein!«, rief sie, nachdem sie einen kurzen Blick darauf geworfen hatte. »Das sind nicht die fehlenden Zahlen.«

Kim trat neugierig hinzu. Sie nahm Franzi den Zettel aus der Hand. »Das ist ein Rätsel!« Sie las laut vor:

»›Ein Junge hat in einer Schachtel Spinnen und Fliegen gesammelt. Es sind insgesamt zwölf Tiere. Alle zusammen haben 86 Beine. Wie viele Spinnen und wie viele Fliegen sind in der Schachtel? Trage die Anzahl der Spinnen in die Lücke bei der Nord-Koordinate ein, die der Fliegen bei der Ost-Koordinate.‹«

Ina räusperte sich. »Henry, da brauchen wir vielleicht eine kleine Änderung am Text. Lebende Insekten und Spinnentiere in eine Schachtel zu sperren ist Tierquälerei. Ich möchte so etwas nicht in unserem Biosphärenreservat thematisieren.«

»Die Fliegen tun mir leid!«, sagte Lina sofort. »Die Spinnen auch ein bisschen. Man soll Tiere nicht einsperren.«

»Vielleicht waren sie eh schon tot«, warf Marie ein.

Sie erntete einen vorwurfsvollen Blick von Tessa und Franzi. »Wir ändern das«, versprach Henry.

Kim zwirbelte eine Haarsträhne zwischen den Fingern. »Stellt euch nicht so an. Das ist doch nur eine Knobelaufgabe.« Sie tastete ihre Jackentaschen ab. »Hat jemand einen Stift?«

»Hier!« Henry reichte Kim einen Kuli. Sie begann eifrig zu kritzeln. Die anderen sahen interessiert zu.

»Wollt ihr es vielleicht auch probieren?«, mahnte Kim an.

»Du weißt doch, dass Rechnen nicht so mein Ding ist«, murmelte Franzi.

Marie stimmte ihr sofort zu und auch die anderen wirkten nicht sehr begeistert.

Kim zuckte ärgerlich mit den Schultern. »Alles muss man selbst machen.« Sie rechnete weiter. »Fliegen haben sechs Beine, Spinnen acht«, murmelte Kim. »Das ist wichtig.«

Gespanntes Schweigen breitete sich aus, das nur durch das Geräusch des über das Papier kratzenden Stifts unterbrochen wurde.

Nach einer Weile zupfte Carla Henry an seiner Outdoorjacke. »Das ist wirklich Tierquälerei. Ich finde sieben Spinnen gegen fünf Fliegen total ungerecht.«

Kim hob ruckartig den Kopf. »Was hast du gesagt?«

»Es ist ungerecht!«

»Nein. Die Zahlen. Wie viele Spinnen?«

»Sieben. Und fünf Fliegen.«

»Das Ergebnis habe ich auch raus. Wie hast du das gemacht?« Kim sah Carla an, als hätte sie sich gerade in eine Riesenfliege verwandelt. »Kannst du lineare Gleichungen im Kopf rechnen? Mit zwei Unbekannten?«

Carla sah verständnislos drein. »Unbekannte Lineale?«

»Lineare Gleichungen.« Kim hielt Carla den Zettel vor die Nase. »Hier, so etwas.« Sie begann die Lösungsschritte zu erläutern. Marie unterdrückte ein Gähnen.

»Nein«, sagte Carla, bevor Kim zu Ende erklären konnte. »Diese komischen x- und y-Sachen braucht man nicht. Ich habe ein bisschen probiert: Wenn man annimmt, dass alle Insekten sechs Beine haben, sind das bei zwölf Tieren 72. Wir brauchen aber 86. 14 Beine sind also sozusagen übrig. Spinnen haben acht Beine, wie du vorhin gesagt hast. Also zwei mehr als die angenommenen sechs. Vierzehn restliche Beine teilen sich also auf sieben Spinnen auf. Und zwölf minus sieben ist fünf. Das sind die Fliegen. Fünf mal sechs Fliegenbeine ist 30, sieben mal acht Spinnenbeine ist 56. Macht zusammen 86.«

Tessa und Ina nickten anerkennend.

»Wahnsinn.« Marie sah Carla bewundernd an. »Ich blicke bei diesem Beinsalat immer noch nicht durch, aber man merkt, dass du ihn verstehst.«

Franzi grinste. »Und das reicht ja auch.« Sie klopfte Carla auf die Schulter. »Super gemacht. Lasst uns jetzt endlich die Koordinaten ergänzen.«

Kim tippte eilig die Daten ein und lief einige Schritte mit dem GPS-Gerät in der Hand. Als auf dem Display der Pfeil des digitalen Kompasses erschien, war sie sofort im Jagdfieber. »Hier geht's lang!«

Sie stürmten los.

»Haltet eure Taschenlampen bereit!«, rief Henry. »Nur so werden wir die erste Station tatsächlich finden.«

»Hier hast du deine Stirnlampe zurück.« Franzi reichte Lina den Kopfgurt mit der kleinen LED-Leuchte.

»Danke!« Lina stopfte die Lampe in ihren Rucksack. »Aber ich werde gleich meine Dynamo-Taschenlampe verwenden.« Sie liefen einen schmalen Weg entlang, der geradewegs in den Nadelwald führte. Das rotgoldene Licht der Abendsonne versickerte langsam zwischen den dichten Ästen, bis es schließlich ganz verschluckt wurde. Je weiter sie in den Wald vorstießen, desto düsterer wurde es. Noch gab es kein Mondlicht, das ihnen den Weg erleuchtete. Sie schalteten die Taschenlampen ein.

Plötzlich durchschnitt ein lautes Geräusch die Stille: TAKA-TAKA-TAKA. Sie blieben stehen. Zwei

Sekunden lang blieb alles ruhig. Dann gab es wieder dieses unheimliche Klackergeräusch: TAKA-TAKA-TAKA. In der Waldstille erschien es ohrenbetäubend laut zu sein. Kim leuchtete mit ihrer Taschenlampe umher. »Was ist das?«

TAKA.

»Ähm«, machte Lina.

TAKA-TAKA.

»Das ist meine Schüttel-Taschenlampe.«

TAKA-TAKA.

»Ich muss sie aufladen.«

TAKA-TAKA.

»Dazu muss man sie schütteln.«

TAKA-TAKA.

»30 Sekunden lang. Und schon hat man tolles Licht für 15 Minuten. Ganz ohne Batterien!«

TAKA-TAKA-TAKA.

»Du hast sie ja nicht mehr alle!« Marie war kurz davor, Lina die Lampe abzunehmen und in hohem Bogen wegzuwerfen. Kim konnte sie gerade noch zurückhalten. »Willst du sämtliche Tiere in Angst und Schrecken versetzen und aus dem Wald verjagen?«

TAKA-TAKA.

»Das ist das allerneuste Modell auf dem Markt«, sagte Lina trotzig. »Die alten waren viel lauter.«

TAKA-TAKA.

Ein Lichtkegel erschien auf dem Boden vor

Lina. »Funktioniert sehr gut«, sagte sie zufrieden.

Marie gab kopfschüttelnd auf.

Die Gruppe lief unter der Führung von Kim schweigend weiter. Nur das Knacken der Äste unter ihren Füßen war zu hören, vereinzelte Käuzchenrufe – und natürlich das wiederkehrende Klackern von Linas Schüttellampe. Es war jedoch um einiges leiser geworden. Tessa hatte vorgeschlagen, dass Lina die Lampe beim viertelstündlichen Schütteln unter ihren Kapuzenpulli nahm. Das dämpfte das Geräusch erheblich.

Kim sah auf das GPS-Gerät. Sie blieb stehen und setzte sich dann langsam wieder in Bewegung. »Wir sind ganz in der Nähe!«

»Jetzt müssen wir den Reflektor finden«, sagte Henry leise. »Er markiert die Station.«

Sie schwärmten in die schwarze Nacht aus. Die umherwandernden Lichtkegel von acht Taschenlampen durchschnitten die Finsternis. Tessa und Ina kicherten wie zwei kleine Mädchen. »Ist das aufregend!«, seufzte Tessa.

»Da ist es!« Franzi atmete schneller.

Tatsächlich. Drei Meter entfernt leuchtete ein schmales Reflektorband im Licht ihrer Taschenlampe auf. Es war in Kopfhöhe um einen Baumstamm geschlungen.

Franzi rannte los.

»Wo bist du?« Kim leuchtete aufgeregt umher.

»Hier!« Franzi ließ ihre Lampe dreimal kurz aufblinken. Die anderen folgten dem Zeichen.

»Das ist so cool!«, rief Lina.

Franzi hatte kaum den Baum erreicht, da ertönte in unmittelbarer Nähe ein lautes Zischen. Es folgten weitere merkwürdige Laute. Franzis Herzschlag setzte kurz aus, um danach doppelt so schnell weiterzuschlagen.

»Was ist los?« Lina stand jetzt knapp hinter Franzi. Der Lichtstrahl ihrer Taschenlampe zitterte über den Boden, hinauf zum Baumstamm, verfehlte ihn knapp – und traf auf ein großes, weißes, zappelndes, zischendes … Etwas.

Lina stieß einen markerschütternden Schrei aus. Ihre Taschenlampe kullerte über den Boden. »Der kopflose Ritter! Er ist hinter dem Baum!« Im selben Moment schwoll das Zischen weiter an, schien sich an verschiedenen Stellen zu verteilen, zu verdoppeln, zu verdreifachen. Es knackte und rumorte gespenstisch.

Lina rannte los, als sei der Teufel persönlich hinter ihr her.

»Warte!« Franzi erwischte den Zipfel ihres Pullis, aber Lina riss sich los. »Warte doch!«

»Lina!« Tessa hechtete ihrer Tochter hinterher.

Franzi stand immer noch wie zur Salzsäule erstarrt da. Vor ihr war leises Rascheln zu hören, und helle Gestalten bewegten sich hektisch im Gebüsch hin und her.

Inzwischen waren auch ihre Freundinnen mit Ina und Henry bei ihr angelangt.

»Ich fasse es nicht.«

»Franzi, alles klar? Was ist los?« Ina war sichtlich nervös.

»Strauße.«

»Wie bitte?«

»Hier ist ein Maschendrahtzaun.«

»Ja, aber …«

»Das ist ein Straußenfreigehege.«

Kim näherte sich vorsichtig. Sie blendete mit der Hand den Strahl ihrer Taschenlampe ab und leuchtete nach vorne. »Du hast recht.«

Jetzt sahen es auch die anderen. Dicht vor ihnen stand ein sehr großer Vogel mit langem Hals, kleinem Kopf und einem dichten, hellen Federkleid. Er schien sie aus seinen aufgerissenen Augen vorwurfsvoll anzusehen. Hinter ihm stelzten weitere Exemplare herum.

»Wir haben die armen Vögel zu Tode erschreckt.« Franzi sah Henry vorwurfsvoll an. »Wenigstens beruhigen sie sich langsam. Aber ihr könnt doch keinen Nachtcache in der Nähe von einem Freigehege anbringen!«

Henry hob beschwichtigend die Hände. »Es tut mir leid. Ich wusste nicht, dass es hier so etwas gibt.«

Franzi schnaubte. »Straußenzuchten gibt es seit fast 20 Jahren in Deutschland.«

»Aber warum ausgerechnet hier, mitten im Wald?«, verteidigte sich Henry.

Ina schaltete sich ein. »Ich wusste auch nichts davon. Das muss eine relativ neue Einrichtung sein. Aber es ist die falsche Zeit und der falsche Ort, um das jetzt auszudiskutieren. Ich bin nur froh, dass es nicht schon wieder eine Attacke von unserem ominösen Anti-Cacher war!« Sie reckte den Hals. »Wo sind übrigens Tessa und Lina?«

In der Aufregung hatte niemand darauf geachtet, in welche Richtung die beiden gelaufen waren.

Sie riefen ihre Namen. Stille. Sie liefen ein Stück weiter, riefen wieder. Kim fröstelte. Der Wald schien immer dunkler und enger zu werden. Sie riefen lauter. Ein kühler Wind kam auf. Es rauschte.

»Oh nein, jetzt fängt es auch noch an zu regnen.« Inas Stimme klang leicht belegt.

Sie mussten noch lauter rufen, um gegen das Prasseln des Regens anzukommen. Plötzlich horchte Kim auf. Durch die Geräuschkulisse drang eine Stimme: »Hier!«

»Das kam aus dieser Richtung!«

Sie zerrten sich die Kapuzen vom Kopf, um besser hören zu können.

»Ich glaube, sie sind da hinten.«

»Hallo, wir sind hier, wo seid ihr?«

»Nein, das kam von da.«

»Ich sehe ein Licht. Ganz weit hinten«, meinte Carla plötzlich. »Das ist Tessas Lampe.« Sie rannte los.

»Nein, nicht weglaufen, wir verlieren uns sonst alle noch!« Kim stöhnte. Sie sah dem kleiner werdenden Licht von Carlas Taschenlampe nach. Marie und Franzi standen neben ihr. Aber Henry und Ina hatte sie schon längst aus den Augen verloren.

»Wir stellen uns an wie absolute Anfänger. Das wird Stunden dauern, bis alle wieder zusammen sind.«

Es dauerte tatsächlich sehr lange, bis die Gruppe sich wiedergefunden hatte. Ohne die Taschenlampen wären sie hoffnungslos verloren gewesen, dachte Kim und bekam eine Gänsehaut. Sie hatten sich Lichtsignale gegeben und schließlich alle an einer dicht bewachsenen Stelle im Wald wiedergefunden. Völlig durchnässt und mit eiskalten Füßen zwar – aber sie waren wieder alle beisammen.

»Mir ist kalt«, jammerte Lina. Sie schmiegte sich an ihre Mutter. »Ich will heim.«

»Gute Idee.« Tessa lächelte kleinlaut. »Es war dumm von mir, Lina alleine hinterherzurennen. Ich hätte niemals gedacht, dass man sich im Wald so schnell verlaufen kann.«

Ina strich ihr tröstend über den Arm. »Ich kann dich gut verstehen.« Sie wischte sich eine nasse Haarsträhne aus dem Gesicht. »Am besten, wir brechen die Geocache-Tour für heute ab. Bei diesem Mistwetter holen wir uns sonst noch den Tod.«

»Ich bin auch dafür, dass wir nach Hause gehen.« Franzi räusperte sich. »Allerdings weiß ich nicht, in welche Richtung wir gehen müssen. Ich habe die Orientierung verloren.«

»Ich auch«, gab Marie zu.

Sie mussten feststellen, dass es allen so ging.

Henry zuckte mit den Schultern. »Wir haben ja das GPS-Gerät. Für solche Fälle habe ich die Koordinaten des Museums gespeichert. Wir können uns ganz leicht zurückführen lassen.« Kim nickte. Sie zog das GPS-Gerät aus der Jackentasche und ließ es aus dem wasserdichten Beutel in ihre Hand gleiten.

»Bin ich froh, dass es diesen ganzen technischen Kram gibt«, sagte Ina leise. »Ohne den wären wir jetzt aufgeschmissen.«

Kim starrte auf das Display.

»Du musst die *Go-to*-Taste drücken und dann in der Liste ›Museum‹ wählen.«

»Ich weiß.« Kim streckte den Arm aus und vollführte einen weiten Bogen mit dem Gerät in der Hand. Sie lief einige Schritte. Dabei ließ sie das Display nicht aus den Augen.

»Kim?« Henrys Stimme klang unsicher. »Alles klar?«

Kim sah ernst in die Runde. »Nein. Ganz und gar nicht.«

»Wie meinst du das?«, piepste Carla. Sie schob die Kapuze ihres Anoraks aus dem Gesicht und sah Kim mit großen Augen an.

»Wir haben ein Problem. Es heißt: ›Kein Empfang‹.«

»Ach was.« Franzi schnappte sich das GPS-Gerät. »Das kann nicht sein.« Sie lief einige Schritte. »Doch, du hast recht. Kein Empfang. *Nada de nada,* würde Felipe jetzt sagen. Rein gar nichts.«

Lina fing leise an zu schluchzen. »Ich will heim!«

Auch Carla hatte Tränen in den Augen. Die beiden Mädchen klammerten sich aneinander. »Ich habe Angst!«, flüsterte Carla. Tessa und Ina versuchten die beiden Mädchen zu beruhigen, aber sie steigerten sich immer weiter in ihren Schrecken hinein. Lina klammerte sich jetzt an Tessa und schluchzte in ihre Armbeuge.

Marie atmete tief ein und wieder aus. Linas Theater ging ihr ungeheuer auf die Nerven. »Stell dich nicht so an!«, sagte sie. »Ausflippen hilft uns auch nicht weiter.« Im selben Moment kreischte sie panisch los. Peinlich berührt zog Franzi ihren Arm weg, den sie Marie gerade freundschaftlich um die Schulter legen wollte. »Sorry, ich wollte dich nicht erschrecken.«

»Schon gut. Schon gut.«

Lina wischte sich die Tränen aus den Augen und betrachtete Marie interessiert.

»Wir sitzen also in einem Funkloch fest«, beeilte sich Marie zu sagen.

»Das ist unmöglich«, stellte Henry fest. »Ich gebe ja zu, dass diese Geocache-Tour vielleicht noch nicht in allen Einzelheiten optimal ausgearbeitet ist – aber eines habe ich genau überprüft: Im gesamten Biosphärenreservat gibt es jederzeit Empfang!«

»Dann ist das GPS-Gerät defekt«, mutmaßte Franzi. Sie schüttelte es. Nichts tat sich.

Ina wischte sich eine nasse Haarsträhne aus dem Gesicht. »Ich werde meinen Schwager informieren, dass wir hier im Wald sitzen. Er muss Hilfe schicken.« Sie tastete nach ihrem Handy. Als sie es gefunden hatte, stutzte sie. Sie starrte auf das Mobiltelefon. »Kein Empfang!«

Hastig prüfte Kim ihr Handy. »Nichts!« Die anderen holten nun ebenfalls ihre Handys, aber überall das Gleiche: Kein Empfang.

»Ist das unheimlich.« Franzi lief immer noch umher und hoffte, ein Signal auf dem GPS-Gerät zu empfangen.

Ihre Hoffnung erfüllte sich nicht. Missmutig zupfte sie an einem ihrer Zöpfe.

Lina und Carla schienen sich in der Zwischenzeit von ihrer Panikattacke erholt zu haben. Kim stellte erstaunt fest, dass sie leise miteinander tuschelten und sogar zwischendurch kicherten. Carla meldete sich zu Wort: »Wir haben einen Plan.« Überrascht sahen die anderen sie an.

»Wir müssen hier übernachten. Dafür brauchen wir eine halbwegs trockene Unterkunft.«

»Carla hat mal mit ihrem Vater ein Biwak gebaut«, fügte Lina hinzu. »Das ist ein Survival-Zelt, das man aus Ästen und Blättern baut.«

»Und das machen wir jetzt«, übernahm Carla wieder. »Dann schlafen wir im Wald. Und morgen, wenn es hell ist, werden wir den Weg nach Hause suchen.«

»Ihr beiden überrascht mich immer wieder«, sagte Henry.

Die drei !!! und die beiden Frauen nickten langsam.

»Wahrscheinlich ist das die beste Lösung«, sagte Ina. »Wir kommen hier alleine nicht mehr heraus. Und bis Hilfe kommt, können Stunden vergehen.« Wie auf Kommando verstärkte sich das Prasseln des Regens.

»Worauf warten wir noch?« Carla packte einen armdicken Ast, der am Boden lag. »Los, Äste sammeln!«

»Fertig.« Zufrieden betrachtete Carla im Schein ihrer Taschenlampen die zwei zeltartigen Gebilde, die sich an den Stamm einer mächtigen Fichte schmiegten. Auf schräg verkeilten langen Ästen hatten sie jeweils eine dichte Schicht von Fichtenzweigen verwoben. Der unaufhaltsam strömende Regen floss gut daran ab und sammelte sich in den schmalen Rinnen, die sie um die Biwaks gegraben hatten.

»Jetzt noch die Bodenisolierung aus trockenem Moos vom Unterholz, dann haben wir die perfekte Notunterkunft.« Carla kroch in eins der Biwaks und begann, den Boden mit den weichen Pflanzenkissen auszupolstern. »Wir müssen unsere Jacken ausziehen und auf die Biwaks legen. Das ist eine zusätzliche Isolationsschicht.«

Marie wischte sich ihre verdreckten Hände an der Jeans ab. »Wirklich nicht schlecht.« Sie bückte sich und sah in das andere Pflanzenzelt. »Aber es ist bestimmt schweinekalt.«

»Das wird sich ändern, sobald wir uns jeweils zu viert dort drin befinden«, sagte Carla. »Unsere Körperwärme wird den Raum schnell aufheizen.«

Lina nickte eifrig. »Ich habe mal einen Film gesehen, da haben sich verirrte Bergsteiger gewärmt, indem sie ihre Schuhe und Socken ausgezogen und die Füße gegenseitig unter die Achseln geklemmt haben.« Sie löste die Klettverschlüsse ihrer Schuhe.

Marie riss entsetzt die Augen auf. »Niemals! Willst du uns mit deinem Käsefußgestank umbringen?«

»Mit dir gehe ich sowieso nicht in ein Zelt!«, antwortete Lina beleidigt. Sie packte ihre Mutter und Ina an den Händen und zog sie zu dem Biwak, in dem Carla saß. »Wir schlafen hier.«

Marie nickte. »Gut so.«

Die drei !!! schlüpften in das zweite Biwak. Marie steckte den Kopf nach draußen. »Henry, wo bleibst du? Hier ist noch Platz für dich.«

Der Junge räusperte sich. Er hatte sich unter einem dichten Fichtenzweig auf seinen Rucksack gesetzt. »Danke, aber mir ist nicht kalt.« Er zog die Kapuze enger. »Außerdem muss einer das Lager bewachen. Ich übernehme die erste Schicht.«

»Alles klar.« Marie grinste ihre Freundinnen an. »Ich glaube, Henry hat Angst vor uns«, flüsterte sie.

Kichernd machten sie es sich in ihrer Höhle

bequem. Dann schwiegen sie und lauschten den Geräuschen des nächtlichen Waldes. Ab und an erklang der Ruf eines Käuzchens. Aus dem Nachbarbiwak drang das gedämpfte Schnarchen von Lina und Carla. Ina und Tessa unterhielten sich leise.

Kim gähnte. »Ich bin todmüde.« Sie stopfte sich ein Moospolster unter dem Rücken zurecht. »Aber schlafen kann ich trotzdem nicht.«

»Dazu ist es echt ein bisschen zu unheimlich«, flüsterte Franzi. Marie stöhnte. »Ich liege auf einer Wurzel. Rückt mal ein Stück.«

Seufzend machte Kim Platz. Sie lockerte das Tuch um ihren Hals. »Wenigstens ist es schon etwas wärmer.«

Zwei Minuten später fielen ihr vor Erschöpfung die Augen zu.

Aufgeregtes Stimmengewirr drang an Kims Ohr. Verwirrt fuhr sie hoch. »Autsch!« Tausende von spitzen Fichtennadeln bohrten sich in ihre Stirn. Kim zuckte zurück. Ärgerlich rieb sie sich die brennende Stelle. Sie sah irritiert nach oben. Das Biwakdach! Sie hatte nicht daran gedacht, dass ihre Notunterkunft eng und niedrig war. Marie und Franzi waren nicht mehr da. Kim robbte mit steifen Gliedern zum Ausgang des Biwaks. Helles Licht strahlte ihr entgegen. Für einen kurzen Moment musste Kim die Augen schließen. Es war bereits Morgen! Und es hatte aufgehört zu regnen. Überall brachen Sonnenstrahlen durch das Geäst und malten helle Kringel auf den Waldboden.

»Da ist ja die Langschläferin!«, rief Franzi. »Kim, du glaubst nicht, was passiert ist.« Sie hielt ihr Handy in der einen und das GPS-Gerät in der anderen Hand. »Wir haben Empfang! Alles funktioniert wieder!«

Lina strahlte wie ein Honigkuchenpferd. »Wir wollten dich gerade wecken. Franzi hat schon das GPS-Gerät eingestellt: Wir können sofort zurück zum Museum!«

Kim rappelte sich auf und zupfte sich Moos von der Schulter. »Das gibt's doch nicht! Wie kann es sein, dass gestern alles tot war und heute Morgen …«

»Vielleicht hat der Regen den Satellitenempfang gestört«, unterbrach Lina sie ungeduldig. »Wer weiß das schon. Lasst und endlich losgehen.«

Sie sammelten ihre Sachen ein und brachen auf. Franzi übernahm die Führung,

»Ich verstehe nicht«, schimpfte Ina unterwegs, »warum Hartmut-Hagen nichts unternommen hat. Er muss doch gemerkt haben, dass wir nicht wie verabredet gegen 23 Uhr wieder zurück waren.« Sie zog wütend an der Erste-Hilfe-Tasche. »Das schwere Ding lässt er mich mitschleppen, weil er sich so große Sorgen macht – aber es fällt ihm nicht auf, wenn acht Menschen über Nacht verschwinden.« Sie seufzte. »Wahrscheinlich hat er die ganze Nacht gearbeitet und darüber alles um sich herum vergessen.«

Es war tatsächlich so, wie Ina vermutet hatte. Bei ihrer Ankunft vor dem Museum eilte ihnen Hartmut-Hagen völlig aufgelöst entgegen. »Mein Gott, wo habt ihr denn gesteckt?« Er wedelte mit einem Handy in der Hand. Sein Gesicht war ganz grau. »Ich wollte gerade anrufen! Ich habe die ganze Nacht die Trilobiten neu katalogisiert und eben erst entdeckt, dass ihr nicht da seid.«

Ina schnaubte ärgerlich. »Wir hatten einen kleinen Zwischenfall im Wald, der uns zu einer Übernachtung vor Ort gezwungen hat.«

»Wie bitte?!« Hartmut-Hagen lief aufgeregt neben Ina her. »Was ist passiert? Es hat sich doch niemand verletzt, hoffe ich?«

»Nein. Das Erste-Hilfe-Set haben wir nicht gebraucht. Hier.« Ina drückte ihrem Schwager schwungvoll die kleine Ledertasche in die Hand. »Wir hätten eher ein kleines Suchteam zu passender Zeit benötigt.« Sie atmete tief durch. »Nun, was passiert ist, ist passiert. Irgendetwas geht hier nicht mit rechten Dingen zu. Ich werde jetzt die Polizei einschalten.«

Hartmut-Hagen sah sie verwirrt an.

Kim fasste Ina alarmiert am Arm. »Aber wir, *Die drei !!!*, sind doch noch am ermitteln! Und wir haben bereits einen Verdächtigen.«

Ina schüttelte den Kopf. »Nein. Mir reicht es. Ich rufe die Polizei an.«

Detektivtagebuch von Kim Jülich
Dienstag, 10:25 Uhr

Das war knapp. Beinahe hätte Ina uns den Fall entzogen und der Polizei übergeben. Aber Hartmut-Hagen ist uns überraschend zu Hilfe gekommen. Er hat Ina daran erinnert, dass es überhaupt nicht gut wäre, wenn die Öffentlichkeit von den seltsamen Vorkommnissen bei den Geocache-Touren des Museums vor der Pressekonferenz erfahren würde. Er befürchtet negative Schlagzeilen.

Damit wäre der Ruf des Museums und des NaturAbenteuerWalds *ruiniert, keiner würde mehr kommen und all die Arbeit, die Ina und er in das Projekt gesteckt haben, wäre umsonst gewesen.*

Daraufhin hat Ina es sich anders überlegt: Wir dürfen noch bis zur Pressekonferenz Nachforschungen anstellen. Aber wenn wir bis dahin den Täter nicht gestellt haben, schaltet sie die Polizei ein.

Wir haben also nicht viel Zeit. Unser Plan sieht vor, dass Marie und ich – sobald sie endlich mit Duschen fertig ist – Noris Kinner befragen werden. Er arbeitet gerade an den Elektroleitungen im Muse-

um. Dabei werden wir versuchen, an eines seiner Werkzeuge zu kommen, um die Fingerabdrücke darauf mit denen vom Drohbrief abgleichen zu können.

Franzi ist in der Zwischenzeit mit einem der Fahrräder, die das Museum für Touristen bereithält, ins Dorf zu Kinners Wohnung gefahren. Seine Adresse war ganz leicht über das Internet herauszufinden. Franzi wird dort versuchen, mehr über unseren Verdächtigen herauszufinden. Ich bin gespannt!

Wann ist Marie endlich fertig?!

Geheimes Tagebuch von Kim Jülich
Dienstag 10:55 Uhr

Warnung: Wer auch immer – wann auch immer: Lesen verboten!!! Ich weiß nicht, Ben und Lukas, ob ihr schon bemerkt habt, dass euer Punktestand beim Zombiespiel futsch ist … Ich kann euch versichern, dass ich all eure Passwörter herausfinden kann. Vom Online-Autorennen über das Drachenfighter-Mystery bis zum Flugsimulator. Das alles kann ein ganz schlechtes Ende nehmen, wenn ihr euch weiter danebenbenehmt.

Alles liegt in eurer Hand.

Die aktuellen Ereignisse überstürzen sich. Daher bin ich immer noch nicht dazugekommen, Michi zu simsen und diese eine spezielle Sache klarzustellen. Wobei ich eigentlich ganz froh bin, dass ich die ganze Zeit abgelenkt war und mir keine Gedanken machen konnte. Was soll ich denn bloß schreiben? Was denkt Michi von mir? »lieb mich!« – das ist so peinlich!!! Wie kann ich das jemals erklären?!

Ich muss jetzt professionell sein und die Befragung des Verdächtigen durchziehen.

Aber heute Abend schreibe ich Michi. Es hilft ja nichts: Ich muss da einfach durch.

»Da ist er«, zischte Marie. Sie beschleunigten ihre Schritte. Am Ende des Flurs stand Noris Kinner auf einer Leiter. Er hantierte an einem Kabel, das aus der Wand ragte. Zwei weitere Handwerker waren dabei, großflächig Schlitze in der Wand zu verputzen. Kinner fluchte. Irgendetwas schien nicht so zu laufen, wie es sollte.

»Hallo!« Marie winkte. Noris Kinner blickte irritiert über seine Schulter.

Marie setzte ihr freundlichstes Lächeln auf. »Herr Kinner, können wir Sie einen Moment sprechen?«

»Hallo, nett euch wiederzusehen.« Der rothaarige Mann runzelte die Stirn. »Aber es ist gerade ganz schlecht.« Er deutete auf die Kabel. »Ihr seht ja, was hier für ein Chaos herrscht. Und wir müssen heute fertig werden.«

»Nur zwei Minuten«, bat Marie.

Kinner seufzte. »Was gibt es denn so Wichtiges?« Er kletterte von der Leiter herunter und legte den Schraubenzieher auf dem Werkzeugkasten ab.

»Haben Sie etwas gegen Geocacher?« Maries Stimme klang immer noch sehr freundlich.

Noris Kinner schien einen kurzen Moment blass zu werden. »Wie meinst du das?«

»Genau so, wie ich es gesagt habe: Wir möchten wissen, ob Sie etwas gegen Geocacher haben und deshalb die Touren des Museums sabotieren.«

Kinner sah Marie fassungslos an. »Das ist doch total absurd! Wie kommt ihr auf so etwas?«

Marie ging auf Noris Kinner zu. »Als wir uns des erste Mal getroffen haben, damals im Kletterpark, haben Sie sich negativ über diese Form der Schnitzeljagd geäußert.« Marie funkelte den Mann nun wütend an. »Wir haben in den letzten Tagen mehrere Pannen auf unseren Geocache-Touren erlebt. Und gestern mussten wir sogar die Nacht im Wald verbringen, weil das GPS-Gerät keinen Empfang mehr hatte.« Marie hob theatralisch die Arme. »Können Sie sich vorstellen, welche Angst wir ausgestanden haben?«

Kinner nickte verwirrt. »Ja, doch, aber ich habe damit nichts zu tun!«

»Wenn Sie hinter diesen Sabotageakten stecken, werden wir das herausfinden. Und wir werden Sie anzeigen.«

Kim hielt Marie fest. »Reg dich doch nicht so auf«, zischte sie ihr zu.

»Oh doch – ich rege mich so lange und so viel auf, wie ich möchte!« Marie wehrte Kims Arm heftig ab. Die Sportjacke, die Kim über ihren Arm getragen hatte, fiel neben dem Werkzeugkasten zu Boden.

»Pass doch auf. Du benimmst dich echt unmöglich!« Kim schnappte sich ihre Jacke und klopfte den Staub ab. »Herr Kinner, wir kommen ein anderes Mal wieder, wenn meine Freundin sich beruhigt hat.«

Kinner starrte die beiden Mädchen an, als seien sie zwei kopflose Gespenster.

»Nur eine letzte Frage noch.« Marie pustete sich eine Haarsträhne aus dem Gesicht. »Wo waren Sie gestern Abend und die Nacht über?«

Noris Kinner starrte Marie mit offenem Mund an. Dann fasste er sich wieder. »Ich muss euch überhaupt nichts zu meinem Privatleben erzählen! Aber da ihr sonst wahrscheinlich keine Ruhe gebt, also gut: Ich war gestern Abend bis kurz vor Mitternacht beim Stammtisch des Wellensittichzüchter-Vereins.«

»Ach ja? Haben Sie Zeugen?«

»Alle 20 Mitglieder, die ebenfalls anwesend waren«, antwortete Kinner kurz angebunden.

»Danke. Wir werden das überprüfen«, lautete Maries ebenfalls kurze Antwort.

Kim nickte Noris Kinner beschwichtigend zu. »Die Ereignisse der letzen Tage haben meine Freundin etwas mitgenommen.« Kinner nickte. »Schon gut.« Er blickte sich suchend um, dann nahm er sich einen Schraubenzieher aus dem Werkzeugkasten. Er kletterte schwungvoll auf die Leiter. »Ich muss dringend weiterarbeiten.«

Kim und Marie sprangen die breite Treppe des Museums hinunter.

»Hast du ihn?«, raunte Marie.

»Na klar.« Kim grinste. »Die Show, die du abgezogen hast, hat Noris Kinner total abgelenkt. Es war ein Kinderspiel, den Schraubenzieher unter meiner Jacke an mich zu nehmen.« Marie nickte zufrieden. »Sehr gut. Dann nichts wie zurück in unsere Hütte!«

Franzi sah sich vorsichtig um. Kein Mensch war in der ruhigen Seitenstraße unterwegs. Sie ließ das Fahrrad hinter der Garage stehen und lief zum Eingang des Mehrfamilienhauses, in dem Noris Kinner wohnte. Ein Blick auf das Klingelschild verriet Franzi, dass seine Wohnung im Erdgeschoss lag. Sie schlich sich im Schutz einiger Thujenhecken zur Hinterseite. An die Hauswand gepresst, bewegte sie sich leise und vorsichtig zu einer Terrasse, von der sie annahm, dass sie zu Kinners Wohnung gehörte. Im Nachbargarten rief eine Frauenstimme nach einer

Katze. Franzi hielt den Atem an. Ein lang gezogenes Miauen ertönte. Dann wieder die Frauenstimme: »Da bist du ja, Leo, komm rein.« Eine Tür wurde zugeschlagen. Franzi atmete aus. Sie schlich weiter. Neben der, natürlich geschlossenen und mit einem blickdichten Vorhang versehenen, Terrassentür stand ein Metallspind an der Wand. Aufgeregt lief Franzi die wenigen Schritte bis zu dem schmalen Schrank und öffnete ihn. Volltreffer! Neben Gartengeräten, einer Gießkanne und mehreren alten Tontöpfen befanden sich darin ein Paar Gummistiefel sowie zwei Paar robuster Arbeitsschuhe. Schnell sah Franzi nach: Alle drei Paar hatten Schuhgröße 42. Zufrieden schloss Franzi den Spind und näherte sich dem Fenster, das sich in gut einem Meter Abstand zur Terrassentür befand. Die Vorhänge waren nicht zugezogen. Nun konnte Franzi endlich einen Blick in die Wohnung von Kinner werfen. Sie bewegte sich mit seitlich geneigtem Kopf auf die Glasscheibe zu und versuchte, in dem Raum dahinter etwas zu erkennen. Plötzlich erstarrte Franzi: Ein Paar weit aufgerissene Augen fixierten sie stumm.

Monsterrotkehlchen

Franzi wich zurück. Ihr Herz hämmerte gegen ihre Rippen. Es vergingen starre Schrecksekunden. Dann erkannte Franzi, dass es ihr eigenes Gesicht und ihre Augen waren, die sich in der Fensterscheibe spiegelten. Sie grinste erleichtert. Mit beiden Händen schirmte sie das von hinten einfallende Sonnenlicht ab und drückte ihr Gesicht an die Scheibe. Auf der anderen Seite des Fensters erklang ein leises Krächzen. Verwundert ließ Franzi ihren Blick durch den Raum wandern. In der Nähe der Terrassentür stand eine große Vogelvoliere, die bis zur Zimmerdecke reichte. Wellensittiche in allen Farben und kleine Zebrafinken turnten auf den Stangen und Schaukeln herum. Plötzlich faltete sich ein großer grauer Fächer auf. Ein Flügel! Und noch einer! Etwas hopste auf der anderen Seite der Glasscheibe auf und ab. Die Flügel wurden wieder eingeklappt und jetzt begriff Franzi, was sie vor sich hatte: Graupapageien. Zwei wunderschöne Exemplare sahen sie mit schief gelegten Köpfen neugierig an und machten flügelschlagend auf ihrer Stange am Fenster auf sich aufmerksam. Franzi lächelte. »Na ihr zwei Hübschen?« Sie pochte zart an die Scheibe. Diese Geste verstanden die Vögel offensichtlich falsch. Die beiden Papageien rissen aufgeregt die Schnäbel auf und begannen, nervös auf ihrer Stange hin und her zu flitzen. Im nächsten Moment ging ein mörderisches Kreischen und wildes Flügelschlagen los. Sofort setzten Dutzende von weiteren Vögeln im Hintergrund ein. Das Geräusch schwoll immer weiter an. Franzi sah sich panisch um. Die Tür vom Nachbarhaus wurde aufgerissen, jemand trat auf die Straße.

Franzi setzte zur Flucht an. Sie warf einen letzten Blick auf die beiden Papageien. »Sorry – ich wollte euch nicht erschrecken!« Aus dem Augenwinkel nahm sie noch wahr, wie eines der Tiere einen Purzelbaum auf der Stange machte und ihr sein Hinterteil entgegenstreckte. Für einen kurzen Moment leuchteten rote Schwanzfedern auf.

»Hey, was suchst du hier?« Die Frau aus dem Nachbarhaus stand am Gartenzaun und sah Franzi erschrocken an.

»Ah, ich habe mich verlaufen«, nuschelte Franzi und machte, dass sie wegkam.

Zwanzig Minuten später schob sie das Fahrrad in den Ständer auf der Rückseite des Museumsgebäudes. Sie nahm Kurs auf die Gästehütten am Grillplatz. Während der Rückfahrt hatte Franzi ständig das Bild der roten Schwanzfedern vor ihrem inneren Auge gehabt. Es hatte sie an etwas erinnert. Aber an was?

Lina kam gerade aus der Nachbarhütte heraus. Schwungvoll ließ sie die Tür ins Schloss knallen. »Hallo!« Gedankenverloren grüßte Franzi zurück.

»Es gibt Kirschkuchen auf der Dachterrasse, kommt ihr auch?« Franzi hörte nicht zu. Denn in diesem Moment gab ihre Erinnerung ein weiteres Bild frei. Ja, das war es! »Monsterrotkehlchen!«, rief sie laut und stürmte die Stufen zu der Hütte hinauf.

Lina blieb wie vom Donner gerührt stehen. »Was hast du eben zu mir gesagt?!«

Franzi hob entschuldigend die Hände. »Ich meine nicht dich. Ich habe mich nur an etwas Wichtiges erinnert. Ich erkläre es dir später.«

Unter Linas verwirrtem Blick verschwand Franzi in der Hütte. Kim winkte ihr mit einer Lupe in der Hand begeistert entgegen. Bevor Franzi den Mund aufmachen konnte, fing Kim an: »Du kommst genau richtig! Setz dich und sieh dir das an. Marie und ich haben einen Schraubenzieher von Kinner ergattert und Spuren gesichert. Hier, der eine Abdruck passt genau! Die Schlaufe und dieser geschwungene Bogen finden sich sowohl beim Abdruck, der vom Drohbrief stammt, als auch bei dem vom Werkzeug.«

»Deutlicher geht es nicht mehr.« Maries Augen blitzten. »Wir haben den Täter!«

Franzi verglich die beiden Abdrücke. »Ja, man kann es sogar mit dem bloßen Auge erkennen.« Sie nickte Marie und Kim anerkennend zu. »Was für eine geniale Idee von euch, die Spuren mit dem Kopierer zu vergrößern.«

»Die stundenlange Arbeit hat sich wirklich gelohnt.« Marie sammelte einen Haufen Papiere vom Tisch ein. »Aber wir hatten auch viel Glück. Auf dem Schraubenzieher waren eine Menge Fingerspuren. Wir haben jede einzeln gesichert, hochkopiert und mit dem Abdruck vom Drohbrief verglichen.«

»Bis wir den passenden Daumenabdruck tatsächlich entdeckt haben«, ergänzte Kim.

Franzi lächelte. »Ihr seid spitze!« Dann sagte sie leicht enttäuscht: »Meine Ermittlungsergebnisse benötigen wir jetzt wohl nicht mehr.«

»Aber natürlich sind die wichtig«, antwortete Kim. »Es geht auch darum, nachzuweisen, dass Kinner uns verfolgt hat und der Fußabdruck bei der ersten Cache-Station von ihm stammt. Hast du etwas in Erfahrung bringen können?«

»Schuhgröße 42«, teilte Franzi stolz mit. »Und dann ist mir noch etwas aufgefallen. Da waren zwei Graupapageien in der Wohnung. Die haben rote Schwanzfedern – sie sehen genauso aus wie das eine Exemplar, das wir bei dem Baumstumpf gefunden haben!«

»Aber wie kommt ein Graupapagei in den Wald?«, fragte Marie leise. »Und was hat das mit unserem Fall zu tun?«

»Man könnte annehmen, dass sich eine Feder der Papageien in der Kleidung von Noris Kinner verfangen hat«, sagte Kim. »Später, als er uns im Wald beobachtet hat, ist sie heruntergefallen.«

Franzi nickte heftig. »Genau!«

»Wir haben also einen weiteren Beweis gegen Kinner.« Kim ging zu einem der Kleiderschränke und holte den Gipsabdruck und ein Lineal hervor. »Weiter geht's.« Sie maß die Länge des Abdrucks. »30 Zentimeter.«

Marie tippte auf ihrem Smartphone. »Die Größentabelle sagt: 30 Zentimeter entsprechen Schuhgröße 42!«

Die drei !!! jubelten.

»Fingerabdruck, Vogelfeder, Schuhgröße. Die Beweislage ist erdrückend«, stellte Kim zufrieden fest.

Marie checkte die Uhrzeit auf ihrem Handy. »Wenn wir uns beeilen, erwischen wir Noris Kinner noch im Museum.«

Franzi sprang so schnell auf, dass ihr Stuhl beinahe umkippte. »Worauf warten wir noch?«

Sie lief zur Eingangstür und riss sie auf. »Wir stellen jetzt den fiesen Anti-Cacher!«

Gemeinsam stürmten die drei !!! nach draußen.

»Da hinten ist er. Mist, er steigt gerade in seinen Transporter!« Franzi winkte. »Herr Kinner, warten Sie!«

Als der Mann die Mädchen sah, stieg er hektisch ein und gab Gas. Der Motor heulte auf und das hellgrüne Auto schoss über die gekieste Ausfahrt. Kleine Steine spritzten auf. Zurück blieb eine große Staubwolke. Marie und Franzi rannten wie verrückt. Kim keuchte hinterher und verfluchte mal wieder ihre mangelnde Fitness.

»Halt! Stehen bleiben!«, schrie Marie.

Aber das Auto befand sich bereits auf der schmalen Straße, die ins Dorf führte.

Franzi blieb stehen. »Das gibt es doch nicht«, empörte sie sich. »Er hat uns doch gehört. Glaubt er allen Ernstes, dass er uns entkommen kann?« Sie lief die Einfahrt zurück und deutete Kim und Marie, ihr zu folgen.

»Dann schnappen wir ihn eben bei ihm zu Hause! Wir nehmen die Räder.«

Sie schwangen sich auf drei der Fahrräder, die hinter dem Museum abgestellt waren, und nahmen die Verfolgung auf. Franzi radelte voraus. Sie trat kräftig in die Pedale. Kim hatte Mühe, dem Tempo zu folgen. Aber ihr Ehrgeiz war geweckt – dieses Mal würde sie dicht hinter Franzi bleiben und sich nicht abhängen lassen. Gleich hinter der ersten Kurve begann die Straße abschüssig zu werden. Sie rasten hinunter. Franzi beugte sich weit nach vorne, um das Tempo zu erhöhen. Kim hingegen bremste ab. Das hier war ihr doch eine Spur zu schnell. Am rechten Straßenrand kam ein lang gestreckter Gebäudekomplex in Sicht. Getränkekisten waren an einer Seite meterhoch gestapelt. Auf dem Parkplatz vor dem Gebäude parkten einige Autos – und ein hellgrüner Lieferwagen.

»Halt!«, schrie Kim. Sie betätigte so heftig die Rückbremse, dass ihr Rad gefährlich ins Rutschen geriet. »Stopp! Er ist hier!« Franzi und Marie reagierten schnell. Die Reifen ihrer Fahrräder zeichneten zwei meterlange, schlingernde Bremsspuren auf den Asphalt. Keuchend ließen sie ihre Räder bis zur Ausfahrt zurückrollen, an der Kim wartete. Gemeinsam bogen sie dann auf den Parkplatz vor dem Getränkegroßhandel ein. Sie versteckten sich hinter einem Altglascontainer und beobachteten den hellgrünen Van. Von seinem Fahrer war weit und breit nichts zu sehen.

»Noris Kinner hat offensichtlich nicht damit gerechnet, dass wir ihm folgen würden«, murmelte Franzi. »Komischer Typ. Bestimmt kauft er gerade seelenruhig sein Feierabendbier ein.«

Kurz entschlossen schob Franzi ihr Rad in die Büsche neben dem Container und verließ die Deckung. »Der wird sein blaues Wunder erleben!«

Kim eilte ihr nach. »Nein. Lass uns lieber warten, bis er zum Auto zurückkommt. Mist!« Sie versuchte Franzi wieder hinter den Container zu ziehen. »Da vorne ist er.«

Die automatischen Glastüren des Getränkehandels hatten sich geöffnet und Noris Kinner stand auf der Schwelle. Er trug einen Kasten mit Wasser- und Limonadeflaschen. Er musste Franzi sofort erkannt haben, denn er drehte auf der Stelle um und verschwand wieder im Gebäude.

»Der entwischt uns nicht. Ihm nach!« Franzi spurtete los. Kim schüttelte den Kopf. »Ob das wirklich klug ist?«

Marie zuckte mit den Achseln. »Wir können Franzi jetzt nicht allein lassen. Komm schon!«

Sie ließen ihre Räder ebenfalls ins Gebüsch fallen und rannten ihrer Freundin nach.

Im Eingangsbereich stießen sie auf Franzi, die auf eine in der Ecke abgestellte Getränkekiste deutete. »Die gehört Kinner«, flüsterte sie.

Eine junge Frau schob einen Rollwagen mit gefährlich hoch aufgetürmten Getränkekisten an ihnen vorbei. Als sie außer Hörweite war, fuhr Franzi fort: »Er ist dort hinten zwischen den

Malzbierkisten verschwunden. Wenn ich es richtig sehe, ist das eine Sackgasse. Jetzt haben wir ihn.«

Sie nickten sich zu und rannten los. Als sie in den Gang mit den Malzbieren einbogen, sahen sie gerade noch, wie Kinner über einen hüfthohen Kistenstapel sprang und dahinter verschwand.

Franzi riss die Augen auf. »Was soll das denn jetzt? Will er sich so etwa verstecken?«

Die drei Detektivinnen lachten sich an. »Er sitzt in der Falle!«, stellte Marie mit Genugtuung fest.

Franzi lief zu dem Kistenstapel. Sie stutzte.

Hinter den Kisten verborgen befand sich ein Förderband. Es führte an der gesamten Wand des Getränkehandels vom Eingang bis in den hinten liegenden Teil, wie Kim nach einem kurzen Blick feststellte. Offensichtlich wurde hier das Leergut, das die Kunden an der Kasse abgaben, ins Lager transportiert. Kinner hatte sich bäuchlings auf zwei Colakisten gelegt und war schon einige Meter wegtransportiert worden. Franzi überlegte nicht lange. Sie hechtete auf das Band und balancierte sich aus. »Ich bleibe dran. Ihr nehmt uns am Ende des Laufbands in Empfang!«

Kinner war mittlerweile aus ihrem Sichtfeld verschwunden. Franzi beeilte sich, auf allen vieren voranzurobben. Kim und Marie spähten durch die aufgetürmten Getränkekisten.

»Er ist beim Bananensaft«, rief Marie.

Sie hetzten weiter.

Kim keuchte: »Kirschsaft! Jetzt Apfel. Du hast ihn gleich!«

Ein Mitarbeiter wurde auf sie aufmerksam. »Kinder, geht woanders spielen!«, zischte er.

Marie lächelte ihn entschuldigend an. »Ihr Saftsortiment ist einfach umwerfend!«

Schnell zog Kim sie weiter. Sie eilten zum Ende des Gebäudes, wo sie den Lagerraum vermuteten. Tatsächlich befand sich dort eine Tür. Marie riss sie auf. Keine Sekunde zu spät: Franzi und Kinner zappelten inmitten eines Haufens umgestürzter Getränkekisten. Franzi hatte die Beine des Mannes fest umklammert, aber er wehrte sich heftig. Als er Kim und Marie bemerkte, stellte er seinen Widerstand überraschend schnell ein. »Also gut«, sagte er atemlos. »Ihr seid in der Überzahl.« Er holte tief Luft. »Und bevor ihr mich immer weiter verfolgt, sollten wir vielleicht miteinander reden.« Er sah Kim offen in die Augen. »Ich muss euch etwas erklären.«

»Gut, Herr Kinner«, antwortete Kim. »Ich schlage vor, wir gehen zu Ihrem Auto und sprechen dort in Ruhe miteinander.« Kinner nickte. Er rappelte sich hoch und rieb sich den Rücken.

»Aber ich warne Sie«, fuhr Kim fort, »sollten Sie versuchen zu fliehen, werden wir sofort die Polizei einschalten. Wir haben Material gesichert – unter anderem Fingerabdrücke und Fußspuren – das glasklar beweist, dass Sie der Anti-Cacher sind.« Noris Kinner wurde blass. »*Was* habt ihr?« Er schüttelte den Kopf, als könne er damit einen furchtbaren Albtraum abschütteln. »Wer seid ihr?!«

Detektivtagebuch von Kim Jülich
Dienstag, 18:50 Uhr

Nie werde ich den Blick von Noris Kinner vergessen, als er fragte: »Wer seid ihr?!« – und Marie absolut cool antwortete: »Wir sind Die drei !!!. *Wir arbeiten in der Verbrechensbekämpfung – national und international. Und: Wir lösen jeden Fall.«*

Ich hatte auf einmal eine richtige Gänsehaut, weil mir in diesem Moment klar geworden war, was wir drei schon alles zusammen geschafft haben und wie erfolgreich wir sind.

Zum Fall des gemeinen Anti-Cachers ist zu sagen, dass der Täter überführt ist: Noris Kinner hat gestanden. Es war tatsächlich so, wie wir es von Anfang an vermutet hatten: Er hat die Geocache-Touren des Museums sabotierte, weil er Angst hatte, dass sich Hunderte von Schatzsuchern im Wald betätigen und alle Tiere verjagt werden. Durch seine Arbeit an den Elektroleitungen im Museum ist er ganz leicht an die Beschreibungen der Touren herangekommen. Sie lagen offen auf Inas Schreibtisch. Somit kam er auf die Idee, Daten zu manipulieren und Caches zu entwenden, und zu guter Letzt einen Drohbrief anzufertigen. Schlecht für ihn war, dass er bei alldem so viele Spuren hinterlassen hat. Nicht nur Finger- und Fußabdrücke, sondern sogar die auffällige Feder eines seiner Papageien, die sich wohl in seiner Kleidung verfangen hatte und später im Wald heruntergefallen ist.

Kinner hat tatsächlich geglaubt, dass Ina die Touren aufgibt, wenn sich die Beschwerden der Gruppen häufen würden. Zusätzlich hat er überall die Geschichte vom kopflosen Ritter erzählt und sich dann an die Fersen der Gruppen geheftet. Im geeigneten Moment ist er als gruseliger Geist aufgetreten, damit alle Angst bekommen und nicht mehr in den Wald gehen.

Was Kinner auf keinen Fall wollte, war, dass Lina in diesen unter Laub verborgenen Schacht fällt. Er hatte fest damit gerechnet, dass wir seinen Drohbrief sofort finden und dann umkehren würden. Außerdem hat er die Gefahren total unterschätzt, die von dem alten Burgruinengelände ausgehen können. Tja, das Betreten-Verboten-*Schild steht eben nicht umsonst da.*

Linas Unfall hat Kinner total erschreckt. Er hatte sich ganz in der Nähe versteckt und alles beobachtet. Und er war schon drauf und dran, Hilfe herbei-

zutelefonieren, als er merkte, dass wir allein klarkamen. Das hat ihn übrigens ziemlich beeindruckt.

Alles in allem ist Noris Kinner total geknickt Er bereut aufrichtig, was er getan hat. Es ist ihm klar geworden, dass er a) auf diese Weise gar nichts erreicht und b) anderen und sich selbst schadet.

Wir haben Ina alles erzählt. Und sie hat sich entschieden, Kinner nicht anzuzeigen. Stattdessen will sie ihm eine letzte Chance geben und sich mit ihm treffen. Er soll ihr und Henry Tipps geben, wie sie die Geocache-Touren so gestalten können, dass die Natur und die Tiere nicht gestört werden. Dass einiges noch zu verbessern ist, hat sie ja bei unserem Nachtcache selbst feststellen können.

Kinner hat sich nie getraut, Ina anzusprechen, weil er ja »bloß« Elektriker ist und er nicht daran glaubte, dass sie ihm zuhören würde. Das wäre doch gelacht! Der Mann mag etwas seltsam sein, und das, was er gemacht hat, ist absolut nicht richtig gewesen. Aber er ist ein großer Natur- und Tierfreund und hat ein riesiges Wissen. Ina und Henry werden eine Menge von ihm lernen.

PS: Die unfreiwillige Übernachtung im Wald geht übrigens nicht auf das Konto des Anti-Cachers. Kinner war wirklich den ganzen Abend bis weit nach Mitternacht beim Wellensittichzüchter-Stammtisch. Das haben uns drei Vereinsmitglieder, die wir direkt nach der Verfolgungsjagd im Getränkemarkt befragen konnten, bestätigt. Es muss, wie Lina vermutet hat, der starke Regen gewesen sein. Zusammen mit dem dichten Nadelwald hat er wohl den Satellitenempfang so stark geschwächt, dass die Geräte keinen Empfang hatten.

Auch aus diesem Vorfall können Ina und Henry etwas lernen: Einfach immer den Wetterbericht vor einer Tour ansehen! ☺

Geheimes Tagebuch von Kim Jülich
Dienstag, 19:30 Uhr

Es gilt, wie immer: Striktes Leseverbot für alle, die nicht Kim Jülich heißen. Auch wie immer: Die Strafe ist grässlich und unerbittlich. Denkt euch einfach das Allerschlimmste aus. Meine Strafe wird es haushoch übertreffen.

Ich mache es kurz, denn in einer halben Stunde gibt es zur Feier des gelösten Falls ein kleines Festessen auf der Dachterrasse. Ina hat Lachslasagne und literweise Cola versprochen. Sehr lecker!

Das Leben kann so einfach sein. Man muss nur miteinander reden. Ich habe vorhin Marie und Franzi von meinem »lieb mich!«-Missgeschick erzählt, weil ich es einfach nicht mehr ausgehalten habe. Die beiden haben sich totgelacht und mich sofort getröstet, Marie meinte, dass das doch wirklich jedem passieren könnte. Danach war ich so mutig und habe Michi angerufen und ihm alles erklärt. Wie hat er reagiert? Er meinte, dass er sich so etwas schon gedacht hat – und hat gelacht. Dann hat er noch mit einem Lächeln in der Stimme gesagt: »Ist wirklich kein Problem. Mir hat die Nachricht ziemlich gut gefallen.«

Dann haben wir schnell das Thema gewechselt. Diese pyrotechnischen Experimente sind wirklich sehr interessant. Deshalb werden Franzi und ich bei einer der nächsten Feuerwerksproben von Michi und Felipe dabei sein.

Ich freue mich darauf. Sogar sehr! ☺

Beißwütiges Monster

Kim lief durch die weit geöffnete Eingangstür des Museums. »Erinnert mich nach der Pressekonferenz daran, dass ich Ina noch nach dem Rezept für die leckere Lasagne von gestern frage.«

»Mach ich«, sagte Marie. »Die war wirklich hervorragend.«

»Es war überhaupt ein schöner Abend«, stellte Franzi fest. »Ich fand es sehr nett von Ina, dass sie sich so viel Zeit genommen hat, um mit uns den gelösten Fall zu feiern. Dabei hätte sie so kurz vor der Pressekundgebung bestimmt Besseres zu tun gehabt, als in der Küche zu stehen und Lachslasagne zu machen.«

»Und ob!«, stimmte Marie zu. Dann deutete sie überrascht zum Foyer. »Seht mal, es sind ganz schön viele Leute gekommen.« Gut drei Dutzend Journalisten und Fotografen waren der Einladung zum Exklusivtermin kurz vor der offiziellen Eröffnung des neuen Naturkundemuseums gefolgt. Sie drängten durch das Foyer in den Ausstellungssaal. Die drei !!! bahnten sich einen Weg durch die Menschenmenge und schlüpften durch einen Nebeneingang in den Raum. Lina kam ihnen mit Carla im Schlepptau entgegen. »Wir haben schon *alle* Fossilien gesehen«, sagte sie triumphierend. »Die Rede hören wir uns nicht an, das ist voll langweilig.« Blitzschnell verschwanden die beiden Mädchen in der Menge. Marie schüttelte den Kopf. »Ist mir nur recht.«

Ina stand mit Harmut-Hagen, einer auffallend gut gekleideten blonden Frau, Henry, Tessa und einer Handvoll weiterer Leute neben einem der vielen hell erleuchteten Glaskästen, die im Saal verteilt waren. Kim erkannte das Muschelfossil, das Henry auf dem Foto der Homepage in der Hand hielt.

Ina begrüßte sie strahlend. »Ein wahres Wunder ist geschehen! Alles ist fertig geworden.« Sie strich mit der Hand über die Wand. »Nur der Putz ist noch etwas feucht. Aber bis zur offiziellen Eröffnung wird alles trocknen.«

»Toll sieht es aus!«, sagte Tessa. »Ich hoffe«, fügte sie leise hinzu, »dass die Elektriker bei uns zu Hause ähnlich gute Arbeit geleistet haben.«

Marie grinste.

Ina straffte die Schultern. »Und jetzt drückt mir die Daumen für meine Rede.« Sie ging zu dem Stehpult, das vor zwei Stuhlreihen in der Ecke aufgestellt war.

Hartmut-Hagen seufzte. »Und ich hatte schon

befürchtet, dass die Pressekonferenz heute ausfallen muss, weil die Handwerker es nicht schaffen. Dann wäre meine Nachtschicht völlig umsonst gewesen.« Er wirkte sehr erleichtert. Neben ihm stand eine ungefähr vierzigjährige Frau mit wasserstoffblonden Haaren, die sie kunstvoll zu einer komplizierten Flechtfrisur hochgesteckt hatte. Sie trug ein Etuikleid aus nachtblauer Seide und passende Stilettos.

»Das ist meine geliebte Frau«, stellte Hartmut-Hagen sie ihnen vor. »Meine Herlind!« Er hauchte den Namen mit einem seligen Lächeln auf den Lippen, was Herlind mit kurzem Nicken würdigte. Dann wandte sie sich an Tessa: »Wir kennen uns noch aus der Uni, richtig?«

»Ja, das ist richtig. Wie lange …« Der Rest ihres Satzes ging in einem lang anhaltenden, schrillen Pfeifton unter. Die drei !!! rissen alarmiert die Köpfe herum.

Ina stand hinter dem Stehpult und hob beschwichtigend die Hände. Sie verschob das Mikrofon etwas. »Entschuldigen Sie bitte, das war eine schöne Rückkopplung. Aber jetzt sind alle wach, was?«

Ein Lachen ging durch die Reihen. Die drei !!! atmeten erleichtert auf. Kim schüttelte den Kopf. »Ich habe schon gedacht, das wäre ein Anschlag.«

»Ging mir genauso«, gab Franzi zu.

Marie lächelte. »Wir haben doch erst gestern einen Fall erfolgreich zu Ende gebracht. So schnell kommt der nächste bestimmt nicht um die Ecke.«

Franzi grinste. »Wer weiß das schon?«

Sie kicherten leise. Dann lauschten sie Inas Vortrag.

Im Anschluss an die Rede hatten die Fotografen die Möglichkeit, die Fossilien aus nächster Nähe zu knipsen. Es kam Bewegung auf. Stimmengewirr und Blitzlichtgewitter erfüllten den Raum. Schließlich wurde ein kleines Buffet freigegeben, an dem sich schnell eine lange Schlange bildete. Die drei !!! gesellten sich zu Ina, die mit Hartmut-Hagen und seiner Frau neben einer Vitrine an der Wand stand. »Wenn die Journalisten so begeistert über das Museum schreiben, wie sie die Häppchen vertilgen, dann bekommen wir die beste Werbung, die man sich nur vorstellen kann«, scherzte Ina.

»Das neu gestaltete Museum wird bestimmt ein voller Erfolg!«, sagte Kim. Alle Umstehenden stimmten sofort begeistert zu. Nur Herlind schwieg. Kim sah, wie sie sich interessiert über eines der Exponate beugte. Ihr Blick lag auf einer eindrucksvollen Versteinerung von der Größe einer Suppenterrine. Sie sah aus wie eine riesige Assel. Herlind runzelte die Stirn. Kim trat näher. »›Trilobit: Paradoxide; aus der erdgeschichtlichen Periode des Kambrium, circa 530 Millionen Jahre‹«, las sie von dem Schild ab, das neben dem Fossil angebracht war. Kim war ziemlich froh, dass das gruselig aussehende Ding schon so lange tot war.

Ein Fotograf näherte sich. Er brachte seine Kamera in Position. Herlind schüttelte den Kopf. Dann sagte sie laut und deutlich: »Aber, das ist ja eine Fälschung!«

Der Mann ließ die Kamera sinken. »Was haben Sie eben gesagt?«

Herlind strich sich eine Haarsträhne hinter das Ohr. »Dieser Trilobit ist eindeutig gefälscht.«

Ina erstarrte. Sie sah Herlind mit offenem Mund an.

»Mein Herz, wie kannst du das sagen?«, flüsterte Hartmut-Hagen. Er tupfte sich mit dem Taschentuch über die Stirn.

»Es tut mir leid, aber als studierte Paläontologin habe ich die Pflicht, diesen Verdacht zu äußern. Auch wenn ich in diesem Beruf schon lange nicht mehr arbeite, so habe ich doch mein Wissen nicht gänzlich verloren. Und dieser Trilobit weist eindeutig Besonderheiten auf, die auf ein Fälschungsgeschehen hinweisen.«

Herlinds schrille Stimme weckte Neugier bei den umstehenden Menschen. Plötzlich scharten sich zahlreiche Journalisten um die Vitrine. Entsetzt sahen die drei !!!, Tessa und Ina mit an, wie

Herlind ihrem völlig verdatterten Mann einen Schlüssel aus der Tasche zog. Sie schloss die Vitrine auf und entnahm den Trilobiten. »Ich möchte wetten, dass das Kunstharz ist. Hier …«, sie deutete auf den Fossilienrand. »Das Indiz ist diese winzige Blase, die beim Abgießen entstanden sein kann. Ein einfacher Test wird zeigen, ob ich recht habe.«

Ina war blass geworden. »Das kann einfach nicht sein«, flüsterte sie.

Herlind beugte sich über den Trilobiten, öffnete den Mund – und versenkte einen ihrer spitzen Eckzähne in ihm.

Ein Raunen ging durch die Menge. Blitzlichter erhellten die Szene. Ina schlug die Hände vor das Gesicht. »Nein! Es ist wahr.« Hartmut-Hagen schwankte. Sein ohnehin blasses Gesicht wurde kreideweiß. Die von den beinahe durchsichtigen Wimpernkränzen umrahmten Augen weiteten sich. Er stützte sich an der Wand ab.

»Dieses Objekt ist eine Fälschung aus Epoxidharz.« Herlind drückte Henry den falschen Trilobiten, der nun ein kleines Loch aufwies, in die Hände. »Wäre es ein Original, hätte ich die Oberfläche niemals so leicht beschädigen können.«

Henry starrte das Objekt an, als handle es sich um ein beißwütiges Monster, das sich gleich für die Misshandlung durch Herlinds Eckzahn rächen würde.

Hartmut-Hagen japste nach Luft.

»Können Sie das erklären, Frau Prof. Dr. Westphal?«, meldete sich eine Stimme aus dem Journalistenkreis.

Ina schluckte. Dann fasste sie sich. »Im Moment kann ich das leider nicht. Ich möchte Sie bitten, sich in Geduld zu üben. Wir werden das untersuchen und Sie in den nächsten Tagen informieren. Vielen Dank für Ihr Verständnis.«

Henry reagierte besonnen und dirigierte alle Personen sofort aus dem Saal heraus. Noch einmal erfüllte aufgeregtes Tuscheln den Raum. Dann war es still. Totenstill.

Henry legte den falschen Trilobiten, den er immer noch in den Händen hatte, auf einer Vitrine ab. Er starrte ihn an.

Nach einigen langen Sekunden unterbrach Hartmut-Hagen das Schweigen: »Mir ist schlecht.« Er fächelte sich Luft zu. »Welch eine Tragödie.«

Ina betrachtete ihn erschrocken. »Du siehst gar nicht gut aus. Sollen wir einen Arzt rufen?«

»Nein, nein. Ich brauche nur frische Luft.«

Herlind fasste ihren Mann am Arm. »Komm, ich bringe dich nach Hause. Du legst dich am besten gleich hin und ruhst dich aus.« Sie führte den völlig apathischen Hartmut-Hagen Richtung Ausgang. An der Tür angelangt, wandte sie sich um. Sie sah Ina vorwurfsvoll an. »Und du kannst in der Zwischenzeit darüber nachdenken, wie so etwas passieren konnte. Ich möchte wetten, dass sich unser so überaus tüchtiger Schwiegervater die Fälschung schon damals hat andrehen lassen, als er die Exponate für sein Museum angekauft hat. Da waren ja feine Fachleute am Werk. Alles Doktoren und Professoren: Du, Benedikt, unser Schwiegervater – aber in all den Jahren habt ihr nicht gemerkt, dass das eine Fälschung ist. Wie peinlich!« Herlind schob Hartmut-Hagen durch die Tür. »Ina, das wird dich deinen Posten als Geschäftsführerin kosten.«

Ina sank auf einen Stuhl. Mechanisch schüttelte sie den Kopf. »Das kann nicht sein.«

Tessa stand hilflos daneben und strich ihr tröstend über den Arm. »Diese Herlind war schon damals eine Zicke. Aber jetzt ist sie ja nahezu gemeingefährlich!«

Kim zupfte an ihrer Unterlippe. »Sie hat ihren Verdacht genau in dem Moment geäußert, als der Fotograf aufgetaucht ist«, sagte sie nachdenklich. »Das war doch Absicht!«

Ina nickte. »Sie wollte, dass alle Welt sofort erfährt, dass wir eine Fälschung hier im Museum haben. Damit ist unser Ruf ruiniert. Aber was ich vor allem nicht verstehe: Erst vorgestern war der Sachverständige von der Versicherung da. Er hätte doch bemerken müssen, dass das eine Fälschung ist.« Ina sah fragend in die Runde. »Und ich habe diesen Trilobiten vor kurzer Zeit selbst in der Hand gehalten. Und ich schwöre euch: Da hatte er keine Lufteinschlüsse!«

Henry räusperte sich» »Ich fürchte, der Trilobit ist nicht die einzige Fälschung hier im Raum.«

Ina blickte ihn fassungslos an. »Wie bitte?«

»Also, ich …« Henry rang nach Worten. »Ich glaube, die Myophoria orbicularis«, er deutete auf die versteinerte Muschel im Schaukasten, auf dem er den Trilobiten abgelegt hatte, »hat ebenfalls Luftblasen. Es könnte sich auch hierbei um einen Abguss handeln.« Er sah irritiert drein. »Ich verstehe das nicht. Das Exponat hatte ich erst vor wenigen Wochen für das Foto auf der Homepage selbst in der Hand. Mir wären die Einschlüsse hundertprozentig aufgefallen. Aber da war nichts.« Ina stürzte zu Henry und beugte sich über die Objekte. »Ich brauche den Vitrinenschlüssel!«

Kim zog den kleinen Schlüssel von der Glastür neben sich ab und brachte ihn zu Ina. Mit zitternden Händen öffnete sie die Tür und hob die Myophoria heraus. Sie drückte die Spitze des Schlüssels vorsichtig gegen die Unterseite.

»Das ist nicht zu fassen.« Mit verzweifeltem Gesichtsausdruck zeigte sie den anderen das Ergebnis: Deutlich zeichnete sich eine mehrere Millimeter tiefe Kerbe im Material ab.

Die drei !!! sahen sich an. »Wir haben einen neuen Fall«, stellte Franzi leise fest.

Marie seufzte. »Wer hätte gedacht, dass das so schnell gehen würde.«

Unglaublicher Verdacht

Ina und Henry durchsuchten sofort alle Vitrinen. Das Ergebnis war niederschmetternd: Rund 40 Fossilien stellten sich als offensichtlich gefälscht heraus.

»Die Anzahl ist, verglichen mit der Masse aller Ausstellungsstücke, zwar recht gering«, stellte Henry fest, »aber die Originale hatten einen Gesamtwert von«, er rechnete einen Moment schweigend, »ich schätze mal: von mindestens 1,2 Millionen Euro.«

Ina nickte. »Je nach Marktlage sogar 1,5 Millionen Euro. Das ist ein riesiger Sachschaden. Aber der Schaden am Ansehen des Museums ist noch viel höher. Wenn der Öffentlichkeit bekannt wird, dass wir scheinbar seit Jahrzehnten Fälschungen ausstellen, ohne es zu merken, wird uns die Fachwelt nie wieder ernst nehmen. Oder schlimmer noch: Man wird uns Betrug vorwerfen. Wir werden keinerlei Fördergelder mehr erhalten. Dann ist das *Projekt NaturAbenteuerWald* gestorben.«

Kim lief aufgeregt auf und ab. »Wenn ihr gerade erst je ein Original in der Hand hattet, dann heißt das doch, dass die Fälschungen erst vor Kurzem hierher geraten sind.«

»Das klingt logisch«, murmelte Ina. Sie knetete die Hände. »Aber wie geht es jetzt weiter, was soll ich bloß tun? Ich bin so durcheinander.« Sie atmete tief durch. »Ich muss sofort den Vorstand unseres Fördervereins informieren. Besser, sie erfahren es jetzt von mir, als morgen aus der Zeitung.«

Ina zog ihr Handy hervor. Dann schüttelte sie den Kopf »Entschuldigt mich bitte einen Moment. Ich muss rausgehen. Hier im Museum gibt es keinen Empfang, seit wir den Störer installiert haben. Die ständige Bimmelei der Besucherhandys war einfach unerträglich.«

»Warte, ich komme mit«, sagte Tessa. »Ich muss dringend nachsehen, was Lina und Carla treiben. Wir sind gleich wieder da.«

Die drei !!! nickten. Die beiden Frauen liefen schweigend aus dem Saal.

Kim beugte sich über eine der Fälschungen und betrachtete sie nachdenklich. Henry trat neben sie. »Das ist wirklich hervorragend gemacht. Alle Feinheiten sind vorhanden, sogar die Pleuralstacheln.« Kim ging mit dem Gesicht noch näher an den Ammoniten heran. Sie stutzte. »Und was ist das Helle da?«

»Was meinst du?«, fragte Henry.

»Das da.« Kim nahm das Fossil mit spitzen

Fingern auf. Sie hielt es dicht vor ihre Augen. »Leute, ich glaube es nicht! Da ist ein Haar!«

Franzi und Marie kamen sofort herbeigelaufen. Kim kramte hastig in ihrer Hüfttasche. Sie zog eine kreditkartengroße flache Plastiklupe hervor. »Das ist tatsächlich eine Wimper!«, stellte sie nach eingehender Betrachtung fest. »Sie ist zu einem Teil mit eingegossen worden. Sie fällt nur auf, weil sie so hell ist und sich vom dunklen Untergrund abhebt. Hier, schaut selbst.« Kim gab Marie die Lupe.

»Die sieht komisch aus«, murmelte Marie. »Die ist ja fast weiß.«

»Weiße Wimpern hat doch kein Mensch. Vielleicht ist es ein Tierhaar«, gab Franzi zu bedenken.

»Es ist in jedem Fall eine Spur«, sagte Kim aufgeregt.

Marie gab ihr die Lupe zurück. Kim steckte sie zurück in ihre Tasche. »Weiße Wimpern«, murmelte sie. Ihr Gesicht nahm einen angespannten Ausdruck an. Die anderen sahen sie ratlos an.

»Natürlich gibt es weiße Wimpern!«, sagte Kim. »Bei sehr hellhäutigen Menschen kann das vorkommen.« Sie machte eine bedeutungsvolle Pause. Dann murmelte sie: »So hellhäutig wie …«

»Hartmut-Hagen Westphal«, flüsterten Franzi und Marie wie aus einem Munde.

»Exakt.«

»Gute Güte!«, rief Henry. »Ihr verdächtigt Herrn Westphal?« Die drei !!! nickten.

»Aber das ist absurd. Warum sollte er Exponate fälschen und Originalfossilien verschwinden lassen, die seit gut einem halben Jahrhundert im Besitz seiner Familie sind?«

Kim zuckte mit den Schultern. »Zugegebenermaßen kann ich das momentan nicht erklären.«

Ina steckte den Kopf zur Tür herein. »Ich wollte euch nur schnell Bescheid geben, dass ich ins Dorf fahre. Wir halten eine Krisensitzung im Förderverein ab. Es kann bis zum späten Abend dauern. Macht euch nachher einfach etwas in der Mikrowelle in der Kantine warm. Okay? Ach, und Henry: Es wäre sehr hilfreich, wenn du mitkommen könntest. Geht das?«

Der junge Mann nickte. »Sicher.« Er eilte Ina hinterher, die bereits wieder verschwunden war. Dafür tauchte als Nächstes Tessa auf. »Wollt ihr mit ins Schwimmbad kommen? Wir können für Ina ja momentan nichts tun. Und Lina und Carla langweilen sich.«

»Ich glaube, wir bleiben lieber hier«, antwortete Marie. »Wir haben noch etwas zu erledigen.«

In Hintergrund rief Lina ungeduldig. Tessa lächelte gehetzt. »Gut. Aber passt auf euch auf, ja?«

»Klar. Viel Spaß beim Schwimmen!«

Kim seufzte. »Wenn wir hier die Möglichkeit für eine DNA-Analyse hätten, könnten wir die Wimper ganz leicht überprüfen und feststellen, ob sie von Hartmut-Hagen stammt.«

»Kannst du nicht Michi anrufen?«, fragte Franzi. »Er hat doch früher öfter mal chemische Untersuchungen für uns durchgeführt. Jetzt, wo er sogar in der Ausbildung zum Chemisch-technischen Assistenten ist, müsste das für ihn doch ein Klacks sein.«

Kim schüttelte den Kopf. »Das würde selbst Michi überfordern, glaub mir. Wir haben neulich in Bio die DNA einer Erdbeere extrahiert. Das war schon aufwendig. Die genetischen Strukturen von Menschen sind eine Million Mal komplizierter. Dafür braucht man ein spezielles gentechnisches Kriminallabor.«

»Sollen wir Kommissar Peters um Hilfe bitten?« Marie klang nicht sehr begeistert. Peters war ein alter Freund von Maries Vater. Schon einige Male hatten sie, wenn es bei ihren Ermittlungen besonders brenzlig wurde, seine Hilfe in Anspruch genommen. Aber der Kommissar ließ auch keine Gelegenheit aus, die drei !!! zu mehr Vorsicht zu ermahnen. Wenn es nach ihm gegangen wäre, hätte sich ihre Detektivarbeit auf bloße Meldungen von Auffälligkeiten bei der Polizei beschränkt.

»Ich glaube, wir schaffen das auch alleine«, antwortete Kim. »Wir fahren jetzt einfach zu Hartmut-Hagen und konfrontieren ihn mit unserem Verdacht.«

Franzi zog die Stirn in Falten. »Aber woher wissen wir, wo wir hinfahren müssen? Ich jedenfalls kenne die Adresse von Hartmut-Hagen und Herlind Westphal nicht.«

»Das ist kein Problem«, versicherte Kim. »Ich habe damals beim Blättern in der Liste im GPS-Gerät einen Eintrag ›H. Westphal‹ gesehen. Das hat bestimmt Henry eingegeben. Ich hole das Gerät aus Inas Büro. Macht ihr schon mal drei Fahrräder klar.«

Zehn Minuten später trafen sie sich hinter dem Museum. Kim hatte rote Wangen von dem Sprint, den sie zurückgelegt hatte.

»Wo bist du so lange gewesen?«, fragte Marie vorwurfsvoll. »Wir dachten schon, du seist entführt worden.«

»Jetzt bin ich ja da.« Kim hielt das GPS-Gerät hoch. »Alles klar!«

Plötzlich war ein Motorengeräusch zu hören. Die drei Mädchen sahen sich verwundert an. »Ist Ina schon wieder zurück?«, fragte Franzi erstaunt.

Ein Geländewagen parkte vor der Werkstatt. »Nein«, zischte Kim. »Das ist nicht Inas Auto.«

Instinktiv zogen sie sich hinter einen Busch

zurück. Sie beobachteten, wie eine blonde Frau ausstieg und sich vorsichtig umsah. Nachdem sie sich offensichtlich allein wähnte, öffnete sie den Kofferraum und lief dann zur Werkstatt.

»Herlind!«, entfuhr es Marie. »Was macht die denn hier?«

»Keine Ahnung. Aber das werden wir ja gleich sehen.« Kim bog einen Ast zurück und schob sich etwas vor. Herlind verschwand in der Werkstatt. Einige Minuten später kehrte sie mit einer Holzkiste wieder zurück, die sie sorgsam im Kofferraum verstaute. Erneut lief sie in die Werkstatt.

Unter den erstaunten Blicken ihrer Freundinnen hechtete Kim zum Auto. Sie hantierte kurz an der Holzkiste, schob den Deckel wieder darauf und rannte zu Franzi und Marie zurück. Sobald Kim wieder in ihrem Versteck war, erschien Herlind erneut und verstaute eine weitere Kiste im Auto.

»Bist du wahnsinnig geworden, Kim?«, keuchte Franzi. »Was, wenn sie dich erwischt hätte?«

»Hat sie aber nicht.«

»Sag schon, was ist drin?«, fragte Marie atemlos.

»Eine Menge Holzwolle. Und: Fossilien!«

Marie sah Kim mit großen Augen an. »Wie bitte?«

Kim sah finster drein. »Ich glaube, sie versucht die Originale beiseitezuschaffen. Ich bin nicht ganz sicher, aber eines der Fossilien sah aus wie die Muschel, die Henry auf dem Foto in der Hand hält.«

»Also steckt diese Frau hinter dem Betrug!«, zischte Franzi. »Sie war mir vom ersten Augenblick an unsympathisch.«

»Vergiss die weiße Wimper nicht!«, gab Kim zu bedenken. »Ich fürchte, die Sache ist komplizierter, als wir denken.«

Marie zog fragend eine Augenbraue hoch. Bevor sie etwas sagen konnte, lief Kim schon zu den Fahrrädern. Sie deutete ihren Freundinnen an, ihr zu folgen.

»Wo willst du hin?«, fragte Marie. »Wir müssen jetzt Herlind Westphal überführen!«

Kim schüttelte den Kopf »Das hat Zeit. Ich möchte lieber die Chance nutzen und sofort mit Hartmut-Hagen reden, während seine Frau nicht zu Hause ist. Es könnte von Vorteil sein, ihn alleine zu befragen.«

»Aber sie wird die Fossilien womöglich gleich verkaufen oder in ein Versteck bringen«, warf Franzi verzweifelt ein. »Dann ist das Beweismaterial verschwunden und niemand kann ihr etwas nachweisen. Wir müssen sie jetzt stellen!«

»Nein!« Kim stieg auf das Fahrrad. »Vertraut mir einfach.« Sie fuhr los.

Franzi und Marie sahen sich verständnislos an.

»Woher weißt du, wo wir langfahren müssen? Wo ist das GPS-Gerät?« Marie war ziemlich aufgebracht.

»Das brauchen wir nicht«, antwortete Kim seelenruhig. »Ich habe in Inas Büro kurz im Internet nach der Adresse gesucht. Sie wohnen beim alten Wasserturm am Dorfrand. Das ist kinderleicht zu finden.«

Tatsächlich tauchte nach zwanzig Minuten Fahrt unter Kims Führung der Wasserturm vor ihnen auf. »Dahinter liegt das Anwesen von Hartmut-Hagen«, versprach Kim.

Ein großer weißer Gebäudekomplex mit verspielten Erkern und Türmen war zu sehen. Eine gepflegte Rasenfläche erstreckte sich bis zum Waldrand. Im Licht der untergehenden Sonne erstrahlten die Blüten von riesigen Rosenhecken in wunderschönen Orange-, Gelb- und Rottönen.

»Wahnsinn!«, stieß Marie hervor. »Das Anwesen ist ja noch viel größer als unsere neue Villa.« Sie zählte die Fenster. »Das sind mindestens zehn Räume. Und sie wohnen nur zu zweit darin. Ina hat mir erzählt, dass ihre beiden Söhne schon seit Jahren in einem Internat in der Schweiz leben. Erstaunlich, dass sich Hartmut-Hagen und Herlind so etwas leisten können!«

Kim hörte gar nicht mehr zu. Sie ließ ihr Rad zu dem weit geöffneten schmiedeeisernen Einfahrtstor rollen.

»Herlind muss es vorhin wirklich sehr eilig gehabt haben«, stellte sie fest. »Und wir sollten uns auch beeilen und Hartmut-Hagen aufsuchen, bevor sie zurückkehrt.«

Der feine Kies der schmalen Zufahrtsstraße knirschte unter den Fahrradreifen, als sie zur Villa fuhren.

Sie stellten die Räder an der Hauswand ab. Kim drückte fest auf den Klingelknopf. Ein Gong erklang.

Sie warteten gespannt. Eine Weile tat sich nichts. Dann öffnete sich die Haustür langsam und Hartmut-Hagens blasses Gesicht erschien im Türspalt. Er sah sehr mitgenommen aus und seine Augen waren gerötet. »Ihr seid es«, sagte er tonlos.

Kim trat einen Schritt vor. »Wir müssen dringend mit Ihnen sprechen.«

»Was wollt ihr von mir? Ich bin völlig fertig. Der Ruf des Museums ist ruiniert. Ich möchte jetzt alleine sein und nachdenken.« Hartmut-Hagen machte Anstalten, die Tür zuzuschlagen. Blitzschnell schob Kim ihren Fuß dazwischen. »Zeit für härtere Mittel«, zischte sie ihren Detektivkolleginnen zu.

Franzi sah sie entsetzt an. »Was hast du vor?«

»Herr Westphal. Wir haben den Verdacht, dass Sie derjenige waren, der die Fossilien gefälscht hat.«

Der blasse Mann fuhr sich mit der Hand über das Gesicht. »Das ist völlig absurd. So etwas würde ich nie tun!« Sein Blick irrte zwischen den drei Mädchen hin und her.

Kim seufzte. »Bei genauerer Betrachtung der Matrix der gefälschten Myophoria orbicularis haben wir eine menschliche Wimper entdeckt. Sie wurde versehentlich in das Epoxidharz eingeschlossen.«

Hartmut-Hagen begann zu zittern. »Ja, und? Was hat das mit mir zu tun?«

»Wir haben einen Abgleich des genetischen Materials der Wimper und der DNA von Kopfhaarproben verdächtiger Personen veranlasst. Das Laborergebnis ist eindeutig: Die Wimper stammt von Ihnen, Herr Westphal. Leugnen ist zwecklos.«

Marie hielt den Atem an. Franzi sah Kim mit offen stehendem Mund an. Ihre Freundin war von Anfang an der kühle und schlau kalkulierende Kopf in ihrem Detektivtrio gewesen. Aber diesen dreisten Bluff hätte sie ihr niemals zugetraut.

Kims Plan ging auf. Hartmut-Hagen brach zusammen. »Also gut. Ich, ich …« Stammelnd führte er sie in das Wohnzimmer und ließ sich auf die Ledercouch niedersinken. »Ich hätte es sowieso nicht mehr lange ausgehalten.« Er stöhnte. »Meine kriminelle Energie ist nicht groß genug. Ich bin für so etwas nicht geeignet.«

Kim setzte sich in einen ausladenden Sessel gegenüber der Couch. Franzi und Marie zogen zwei Stühle herbei und nahmen ebenfalls Platz.

»Sie erzählen uns jetzt am besten alles«, sagte Kim ruhig. »Ein Geständnis wird das Strafmaß um einiges mildern.«

Hartmut-Hagen ächzte. »Oh Gott, was sagst du: Strafmaß!?« Er sank in sich zusammen. »Ich will nicht ins Gefängnis! Was wird aus der Familie? Meiner geliebten Herlind, meinen beiden Söhnen? Ich habe das doch alles nur für sie getan!«

»*Was* haben Sie getan?«, fragte Kim.

Hartmut-Hagen holte tief Luft. Dann sprudelte es geradezu aus ihm heraus: »Ich habe die echten Fossilien heimlich gegen Fälschungen ausgetauscht, um die Originale unerkannt an einen privaten Sammler in den USA zu verkaufen. Ich benötige dringend viel Geld. Ich habe sehr hohe Schulden gemacht. Die Kosten für das alles, für die Villa, die Ausbildung der Kinder, die Autos, die Reitpferde, die Reisen, das Personal, die Mitgliedschaft in verschiedenen Clubs, das Ferienhaus … All das hat mein Einkommen als Werkstattleiter völlig überstiegen. Wir haben immer über unsere Verhältnisse gelebt.« Hartmut-Hagen wischte sich Tränen aus den Augen, »Aber ich wollte meiner Familie dieses Leben bieten. Herlind hat es sich so gewünscht; und dann hatte sie diese Idee, und ich habe mitgemacht: Als klar war, dass das Museum umgebaut wird und die Exponate in der Werkstatt zwischengelagert werden, haben wir einige Fossilien ausgewählt, die besonders hohe Preise auf dem Schwarzmarkt erzielen. Ich habe davon Abgüsse angefertigt. Dann habe ich geprüft, wann der beste Zeitpunkt sein würde, um die Fälschungen statt der Originale in die Vitrinen zu legen. Ich musste sicherstellen, dass sich niemand mehr, besonders nicht Ina, die Ausstellungsstücke aus der Nähe ansehen konnte, bevor ich die Schaukästen damit bestückte. Speziell auf der Unterseite kommt es bei dem Kunstharz immer wieder zu verräterischen Lufteinschlüssen. Ina hatte in ihrem Kalender zwei Tage vermerkt, die sie bei einer Freundin verbringen wollte. Sie wollte erst am Abend vor der Pressekonferenz zurückkommen. Das war perfekt für unseren Plan.«

»Der Besuch bei Tessa«, warf Marie ein. »Aber den hat Ina ja verschoben und stattdessen sind wir hierhergekommen.«

»Das hat uns in ernste Schwierigkeiten gebracht. Ich hatte den Versicherungssachverständigen extra knapp vor der Pressekonferenz bestellt. Er hat vormittags, wie geplant, die Echtheit der Originale in den Kisten bestätigt. Nur konnte ich dann die Fälschungen nicht mehr, wie ich es ursprünglich vergehabt hatte, ungestört einräumen. Ina war ja da – und ihr obendrein. Es bestand tagsüber zu jeder Zeit die Gefahr, dass jemand hereinplatzt und die Fossilien genauer betrachtet.«

»Deshalb waren Sie die ganze Zeit so nervös«, stellte Franzi fest.

»Ich war völlig verzweifelt«, gab Hartmut-Hagen zu. »Aber dann schien das Glück wieder auf meiner Seite zu sein: Ihr habt davon erzählt, dass ihr alle zusammen den Nachtcache machen würdet. Das war die Chance. Ich wusste: Herlind und ich würden eine ganze Nacht ungestört Zeit haben, um die Fälschungen im Museum zu positionieren, wenn ich es schaffen würde, euch irgendwie im Wald festzuhalten.«

»Nein!«, rief Marie wütend dazwischen. »Sie waren das! Sie haben uns skrupellos einer Höllennacht ausgesetzt!«

»Aber«, Franzi war aufgesprungen und lief aufgeregt hin und her, »wie haben Sie es geschafft, den GPS- und Handyempfang komplett zu stören?«

»Ich ...«, setzte Hartmut-Hagen an.

Ein schriller Schrei schnitt ihm das Wort ab.

SOS per GPS

»Nein! Stopp!« Herlind Westphal stand mit vor Wut verzerrtem Gesicht in der Tür. Kim fragte sich, wie lange sie wohl schon unbemerkt zugehört hatte.

»Du Versager!«

»Herlind, mein Herz. Ich konnte einfach nicht länger schweigen.« Hartmut-Hagen eilte mit beschwichtigend erhobenen Händen auf seine Frau zu.

Sie wehrte seine Umarmung ab. »Du hast alles kaputt gemacht! Wie konntest du dich von drei dahergelaufenen Gören so einschüchtern lassen? Wie konntest du alles verraten?« Sie warf einen hasserfüllten Blick auf die drei !!!. »Und ihr – ihr habt doch keine Ahnung. Gar keine Ahnung! Immer hat es Ina geschafft, das Beste zu ergattern. Zuerst Benedikt, dann den Job im Museum. Immer hat Ina alles bekommen.«

Hartmut-Hagen sah seine Frau fassungslos an. »Was erzählt du denn da? Benedikt? Aber du hast doch immer mich geliebt, oder etwa nicht?«

»Lass mich in Ruhe, du Versager.« Herlind bedeckte ihr Gesicht mit den Händen und fing an zu schluchzen.

Die drei !!! schwiegen erschrocken. Hartmut-Hagen ließ sich mit versteinerter Miene in die Couch zurücksinken.

Kim fasste sich als Erste wieder und unterbrach die bedrückende Stille: »Es gibt etwas, das ich immer noch nicht verstehe. Warum haben Sie selbst die Fälschung entlarvt? Das widerspricht doch dem ganzen Plan, von dem uns Ihr Mann erzählt hat.«

Herlind ließ die Hände sinken. Ihre Augen waren von verwischter Wimperntusche schwarz umrahmt und gaben ihr einen gespenstischen Ausdruck. Sie ließ ein hässliches Lachen hören. »Ich dachte, ich könnte zwei Fliegen mit einer Klappe schlagen. Einerseits hätten wir die Fossilien verkauft und die Schulden bezahlt. Und andererseits: Welch schöner Skandal! Die ach so angesehene Prof. Dr. Ina Westphal hat Fälschungen in ihrem Museum und weiß nichts davon! Das hat der anwesenden Presse bestimmt gefallen.«

Hartmut-Hagen sah seine Frau verzweifelt an. »Deshalb hast du das getan? Alles nur, weil du eifersüchtig auf Ina warst?«

»Du hättest vielleicht auch davon profitiert! Womöglich hätte Ina zurücktreten müssen und du wärst endlich zu dem Posten gekommen, der dir eigentlich gebührt!«

»Das, das …«, stammelte Hartmut-Hagen. »Das kann nicht dein Ernst sein. Herlind, wie konntest du nur?«

»Oh ja, das war mein Ernst. Aber jetzt ist alles vorbei.« Herlind schlug sich die Hand vor den Mund. Dann schüttelte sie den Kopf. »Oder auch nicht, ha!« Ein irres Grinsen zuckte über ihr Gesicht. »Keiner weiß, wo die Fossilien sind. Ich habe die Kisten vorhin in Sicherheit gebracht. Niemand kennt das Versteck. Niemand wird beweisen können, dass sie in meinem Besitz sind. Niemand wird sie jemals finden!«

Kim räusperte sich. Dann sagte sie mit völlig ruhiger Stimme: »Wir haben Sie vorhin beim Museum beobachtet, als Sie die Ware in Ihr Auto eingeladen haben. Ich habe ein aktiviertes GPS-Gerät zwischen den Fossilien deponiert.« Zu Franzi und Marie gewandt fuhr sie fort: »Und das ist dieses Mal kein Bluff: Wir können das Signal jederzeit orten und damit das Versteck finden.«

Die drei !!! wechselten einen vielsagenden Blick.

»Ich glaube, es ist an der Zeit, Kommissar Peters zu informieren.« Kim zückte ihr Handy.

Einen Tag später, am Abend vor ihrer Abreise, versammelten sich die drei !!!, Ina, Tessa und die beiden jüngeren Mädchen vor dem Museum. Die Dunkelheit brach langsam herein. Ina verteilte bunte Fackeln. »Funktioniert ganz ohne Schütteln und völlig lautlos!«, scherzte sie, als sie Lina einen der mit Wachs ummantelten Stäbe in die Hand drückte. »Und nun darf ich die Damen bitten, mir zu folgen. Wir werden die Burgruine Schroffenstein besuchen. Der Weg dorthin ist vollkommen sicher, die Ruine ganz leicht ohne GPS-Gerät zu finden, und das Gelände ist touristisch erschlossen. Ich muss euch doch nach all den Vorfällen beweisen, dass der *NaturAbenteuerWald* eigentlich eine vollkommen sichere Gegend ist.«

Die drei !!! mussten lachen. Sie zündeten ihre Fackeln an und zogen los.

»Schade, dass Henry nicht dabei ist«, krähte Lina.

»Er feiert heute Abend mit seiner Freundin in ihren Geburtstag hinein, hat er mir erzählt«, antwortete Carla. »Ich hab ihm vorgeschlagen, sie mitzubringen. Aber er wollte nicht.« Sie zuckte mit den Schultern. »Dann sollen sie sich eben den ganzen Abend zu zweit im Restaurant langweilen. Also ich hätte da keine Lust drauf.«

Kim sah Marie von der Seite an. Sie lächelte entspannt zurück. »Henry hat mir schon vor ein paar Tagen von seiner Freundin erzählt. Er hat mich um Rat für ein Geschenk gebeten.«

»Und?«

»Ich hab ihm von der Traube wunderschöner Luftballons mit Seidenschleife erzählt, die mir Holger mal geschenkt hat. Das fand er auch toll.«

Marie schien mit dem Thema »Henry« tatsächlich abgeschlossen zu haben. »Triffst du dich bald wieder mit Holger?«, wollte Kim daher wissen.

»Ja. Wir sehen uns gleich morgen Abend. Er hat Karten für ein Musical besorgt.«

Kim seufzte. Sie würde Michi am Ende der Woche sehen …

Marie unterbrach ihre Gedanken: »Ich finde es bewundernswert, wie Ina das alles wegsteckt.« Sie wies nach vorne, wo Ina Hand in Hand mit Carla lief und herumalberte.

»Ina versucht eben einfach das Beste aus allem zu machen«, antwortete Kim. »Und immerhin haben wir dafür gesorgt, dass die Fossilien aufgefunden werden konnten und wieder im Museum sind. Auch der Förderverein steht voll hinter ihr.«

Marie nickte. »Deine Idee mit dem GPS-Gerät war grandios.«

»Auch wenn es gar nicht mehr geortet werden musste«, warf Kim ein. »Kommissar Peters hat mir noch erzählt, dass Herlind bei der Festnahme sofort das Versteck verraten hat. Peters' Mannschaft hat die Kisten dann aus einer Höhle in der Nähe vom alten Wasserturm geborgen.«

»Schade, dass Kommissar Peters gleich in der Nacht den Fall an den zuständigen örtlichen Polizeikollegen übergeben hat. Womöglich erfahren wir jetzt gar keine Details mehr.« Marie machte ein bedauerndes Gesicht.

Kim schüttelte den Kopf. »Er musste das machen. So sind eben die Vorschriften. Die Polizeikommissare können ja nicht einfach ermitteln, wo sie wollen. Peters hat uns einen Gefallen getan und ist sofort gekommen, als ich ihn angerufen habe. Aber dann musste er den Fall abgeben.«

»Der ja sowieso schon von uns gelöst war«, sagte Marie zufrieden.

»Kommissar Peters hat mir versprochen, dass er sich die Akte schicken lässt und uns dann davon berichten wird. Und außerdem hat er mir auch noch etwas verraten.«

Marie machte große Augen. »Was denn?«

»Ich weiß jetzt, wie Hartmut-Hagen unsere Handys und das GPS-Gerät außer Gefecht gesetzt hat, sodass wir aus dem Wald nicht mehr herausfinden und keine Hilfe holen konnten.«

»Sag schon!«

»Es ist total abgefahren: Er hat einen Störsender, einen sogenannten Handy-Jammer, der eigentlich im Museum installiert war, in der Erste-Hilfe-Tasche versteckt, die er Ina so aufgedrängt hat. Er hatte gar keine Sorgen, dass sich jemand von uns verletzen könnte. Er wollte nur dieses Gerät irgendwie in unsere Nähe bringen.«

»Aber warum hat das GPS-Gerät am Anfang unserer Tour dann noch funktioniert?«

»Er hat den Störsender erst später mit einer Fernbedienung aktiviert! Und am frühen Morgen hat er ihn netterweise deaktiviert, damit wir den Weg zurückfinden.«

Marie schluckte. »Wahnsinn, was es alles gibt.«

»Später hat er den Jammer wieder in den Ausstellungssaal zurückgestellt. Erinnerst du dich? Ina konnte nicht mit ihrem Handy telefonieren.«

»Das ist der Hammer. Das musst du gleich Franzi erzählen.«

»Habe ich eben meinen Namen gehört?« Franzi schloss zu Kim und Marie auf. Sie steckte ihr Handy in die Hosentasche und lächelte über das ganze Gesicht. »Felipe lässt schön grüßen!« Im Licht der Fackeln glänzten ihre roten Haare wie Seide. Auch ihre Wangen schienen gerötet und ihre Augen blitzten übermütig.

»Danke. Na, das muss ein sehr schönes Gespräch gewesen sein«, neckte Marie sie.

»Das war es!« Franzi blinzelte verträumt. »Ich bin schon gespannt auf Burg Schroffenstein. Bei Fackelbeleuchtung ist die bestimmt total romantisch.«

Kim beschloss, Franzi die neuesten Falldetails erst später zu erzählen. Im Moment schien ihre Freundin mit anderen Dingen beschäftigt zu sein.

Sie erklommen eine leichte Anhöhe. Hinter der nächsten Kurve kam die Burg in Sicht. Majestätisch erhoben sich ein gut erhaltener Turm und eine Mauer mit groben Zinnen gegen den mit Sternen übersäten Nachthimmel.

»Schön!«, riefen Lina und Carla und liefen durch das Burgtor. Die drei !!! setzten sich zu Tessa und Ina auf einen Mauervorsprung. Sie klemmten ihre Fackeln in den Fugen der groben Steine fest. Das Feuer warf wild zuckende Schatten an die Wände. Es war unheimlich und schön zugleich.

Sie sahen über die weite Ebene, die sich unter ihnen erstreckte. Die dunkle Fläche der Wälder wurde nur von wie hingetupft wirkenden Ansammlungen heller Lichtflecken unterbrochen – die beleuchteten Häuser der Dörfer.

Ina seufzte. »Hartmut-Hagen und Herlind werden sich für das, was sie getan haben, verantworten müssen. Das Strafmaß für Fälschung kann bis zu zehn Jahre betragen.«

Tessa legte einen Arm um ihre Schulter. »Das ist bestimmt nicht leicht für dich.«

»Ja. Ich werde eine ganze Weile brauchen, um darüber hinwegzukommen. Ich hätte niemals gedacht, dass Hartmut-Hagen zu so etwas fähig wäre.« Ina zog ihre Jacke enger um sich. »Und dass Herlind so vor Neid auf mich zerfressen war.«

Kim fröstelte. Erschrocken ertappte sie sich dabei, dass sie tatsächlich ein kleines bisschen verstand, warum Herlind so gehandelt hatte. Sie dachte an ihre beiden kleinen Brüder und ihre Wut auf sie. Eifersucht war schon ein verdammt starkes Gefühl. In diesem Moment schämte sich Kim für ihre Aktion mit dem Onlinespiel. Sie seufzte. Hoffentlich würde sie mit ihrer Eifersucht in Zukunft anders umgehen können.

Auch Ina seufzte. Dann lächelte sie. »Das Leben geht weiter! Ich bin froh, euch alle um mich zu haben. Das macht es mir leichter.«

Tessa öffnete ihren großen Rucksack. »Zeit, anzustoßen, würde ich sagen.« Sie zog sieben Limonadeflaschen und Tüten mit Knabberzeug heraus.

Sofort waren Lina und Carla zur Stelle und halfen begeistert, Flaschen zu öffnen und Kartoffelchips, Erdnüsse und Gummibärchen auf kleine Schüsseln zu verteilen.

Irritiert bemerkte Kim, wie Franzi kurz in ihr Handy sprach und es dann wieder verstaute. Ina reichte ihr eine Flasche. Sie lächelte in die Runde. »Danke für alles!«

Klirrend stießen sie gemeinsam an.

Plötzlich tauchten zwei Gestalten aus der Dunkelheit auf. Kim durchfuhr ein eisiger Schrecken. Dann hörte sie jedoch eine bekannte Stimme, und der Schrecken wandelte sich sekundenschnell in pure Freude.

»Meine sehr verehrten Damen, wir, Felipe Baer-Carvallo und ich, Michael Millbrandt, wurden von Franzi Winkler darüber informiert, dass heute eine kleine Feier auf dieser Burg stattfinden soll. Wir haben den weiten Weg mit dem Überlandbus auf uns genommen, um Ihnen eine Kostprobe unserer Feuerwerkskunst bieten zu können.«

Die beiden Frauen und die Mädchen klatschten begeistert. Kims Herz begann heftig zu pochen. Franzi quietschte vor Vergnügen. »Diese Überraschung ist mir gelungen, was?«

»Ich hätte zwar beinahe einen Herzinfarkt bekommen, als die beiden Burschen so plötzlich in der Dunkelheit aufgetaucht sind«, flüsterte Ina, »aber jetzt bin ich sehr gespannt auf die Darbietung!«

»Wenn das mal gut geht …«, murmelte Kim.

»Keine Sorge«, beruhigte sie Franzi. »Sie haben nur das kleine Programm gewählt. Ganz ohne Explosionen, bloß Lichteffekte, kein Sound.«

Schon stiegen auf der gegenüberliegenden Mauer nacheinander eine grüne, eine rote und eine goldene Feuerfontäne auf. Es zischte und plötzlich drehte sich ein Sonnenrad direkt unterhalb des ersten Feuerstrahls. Eine Sekunde später zündeten ein zweites und ein drittes Rad.

Kim kniff ungläubig die Augen zusammen. Die Kombination aus drei senkrechten Feuerfontänen und drei sich rasend schnell drehenden Sonnenrädern darunter sah exakt aus wie ... *»Die drei !!!«*, rief Franzi. »Ihr Jungs seid unglaublich! Das ist ja unser Logo!«

Kim hatte Freudentränen in den Augen. Deshalb nahm sie den Jungen, der da mit einem warmen, herzlichen Lächeln auf den Lippen und einem dicken weißen Pflaster am Ohr auf sie zulief, zunächst nur wie durch einen Schleier wahr.

Aber dann, als er sie jubelnd umarmte und sie seine Berührung wirklich spürte, brach es endlich aus ihr hervor: »Mensch, Michi!«

dtv junior

Chris Lane –
sympathisch wie Harry Potter, cool wie James Bond

Monica M. Vaughan
Die Spione von Myers Holt

Eine gefährliche Gabe
ISBN 978-3-423-**71636**-9

Rache Undercover
ISBN 978-3-423-**71655**-0

Das dreizehnte Jahr
ISBN 978-3-423-**76110**-9

Alle Bücher auch als **eBook**

www.dtv.de

Ulrike Rylance
Penny Pepper
Alles kein PROBLEM!
dtv junior

Ulrike Rylance
Penny Pepper
Alarm auf der ACHTERBAHN
dtv junior

Ulrike Rylance
Penny Pepper
Chaos in der SCHULE
dtv junior